Alexander Schäfer

Tödlicher Hass

BoD – Books on Demand

Das Buch

Die Erzählung schildert die Gräueltaten des Arztes Edward Norton. Als zweiter Sohn eines angesehenen Rechtsanwaltes wächst er in einer großbürgerlichen Familie im Westend von London auf. Von seinem Vater geliebt und von der strengen, kaltherzigen Mutter gequält und missachtet, erlebt er eine Kindheit, die durch starke seelische Belastungen geprägt ist. Er studiert Medizin und wird praktizierender Arzt in London. Norton genießt bei seinen Patienten den Ruf eines sehr einfühlsamen Arztes. Diese Anerkennung scheint die einzige Antriebsfeder in seinem Leben zu sein, ansonsten lebt er sehr zurückgezogen. Durch sein gestörtes Verhältnis zum anderen Geschlecht, das er der brutalen Erziehung seiner grausamen Mutter zu verdanken hat, fällt es ihm äußerst schwer, eine Beziehung einzugehen. Über viele Jahre hinweg lebt Edward Norton ein privates Einsiedlerleben, doch dann wird London durch eine Serie von mysteriösen Frauenmorden erschüttert...

Der Autor

Alexander Schäfer, geboren 1965 in Herborn (Hessen), studierte Sozialpädagogik und Germanistik in Frankfurt am Main. Neben seiner Tätigkeit als Erzieher, Grundschullehrer und Musiker fand er schließlich Gefallen an der Schriftstellerei. Seine Werke zeichnen sich durch eine ausgeprägte Beobachtungsgabe der Protagonisten, eine starke psychologische Komponente sowie detaillierte Beschreibungen der Handlungsumgebung und inneren seelischen Vorgänge der Erzählfiguren aus. Der Leser wird dadurch emotional sehr intensiv in die Erzählungen des Autors eingebunden.

Tödlicher Hass

von

Alexander Schäfer

Kriminalerzählung

BoD-Books on Demand

Bibliografische Information der Deutschen Nationalbibliothek:

Die Deutsche Nationalbibliothek verzeichnet diese Publikation

in der Deutschen Nationalbibliografie; detaillierte bibliografische

Daten sind im Internet über http://dnbdnb.de abrufbar.

© 2017 Alexander Schäfer

Herstellung und Verlag

BoD – Books on Demand, Norderstedt

ISBN: 9783744841252

Wenn die Seele unaufhörlich schreit und

die Abgründe der menschlichen Existenz sich langsam öffnen,

dann sind der Wahnsinn und das Grauen nicht mehr fern.

Wir schreiben das Jahr 1892. Es ist eine typische Novembernacht im Herzen von London. Ein düsterer Nebelschleier zieht durch die dunklen Gassen von Whitechapel. Die Luft ist feuchtkalt und die Lichter der Straßenlaternen finden nur schwer ihren Weg durch den dichten Nebel, der die Dächer der Stadt umhüllt.

Eine unheimlich wirkende Stille herrscht in den Straßen, doch plötzlich nähert sich aus der Ferne das Geräusch von schnell aufeinander folgenden Schritten. Langsam löst sich die Silhouette einer Männergestalt aus dem milchigen Nebel. Der Mann scheint es eilig zu haben, fast könnte man meinen, dass er verfolgt wird. Immer wieder dreht er sich hastig um. Sein Gang ist auffallend und bei genauerem Hinsehen erweckt er den Eindruck, als würde er auf dem linken Bein leicht hinken. Die Gestalt des Mannes wirkt klobig und gedrungen. Er trägt einen langen schwarzen Mantel, sein Zylinder ist schon etwas betagt und sitzt tief in der breiten Stirn. Eine Kirchenglocke schlägt zur vollen Stunde. Edward Norton ist ein Mann mittleren Alters mit seltsam tiefliegenden Augen. Sein Blick ist düster, brutal und doch liegt ein Hauch von Unsicherheit auf seinem Gesicht. Es hat den Anschein, als würden ihn schlimme Gedanken plagen und eine geradezu angsterregende Entschlossenheit strahlt aus seinem Angesicht. Die Stadt liegt schon in tiefem Schlaf. Nur selten sieht man noch einen Lichtschein aus einem Fenster hervortreten.

Als Norton um die nächste Straßenecke eilt, hört er plötzlich die raue, laute Stimme eines Betrunkenen, der aus der Spelunke auf der gegenüber liegenden Straßenseite tritt. Norton schiebt sich ungeduldig an ihm vorbei und stößt ihn dabei zur Seite. „Hey, der feine Herr hat wohl keine Zeit und das zu solch später Stunde!", lallt ihm der Betroffene mit krächzender Stimme nach. Beim Eintreten in den Schankraum verändern sich die Gesichtszüge Nortons schlagartig. Ein Ausdruck von Enttäuschung steht in seinem Gesicht geschrieben, als ob er gehofft hätte, etwas ganz Bestimmtes an diesem verruchten Ort vorzufinden. In der Spelunke verweilen zum größten Teil Gestalten, die ihr Dasein am Rande der Londoner Gesellschaft fristen.

An einem kleinen Tisch neben der Eingangstür lauert ein heruntergekommener Strolch und mustert Norton mit listigem Blick. Weiter hinten im Raum sitzt eine Gruppe von Saufbrüdern zusammen und blickt argwöhnisch zu dem fremden Gast hinüber, als dieser die Schenke betritt. Norton spürt sofort, dass er soeben in eine fremde Welt eingedrungen ist und auf der Stelle ergreift ihn das Gefühl, an diesem Ort ein ungebetener Gast zu sein. Doch seine festen Absichten lassen ihn geradewegs auf einen leeren Platz am Ende des Raumes zusteuern, wo er sich schnell niederlässt.

„Was wünschen Sie, Sir?". Norton dreht sich zur Seite und schaut in das dicke aufgeschwemmte Gesicht des Schankwirts, dessen Kopf von ein paar quergelegten, fettigen Haaren geschmückt wird. „Ich hätte gerne einen Whiskey."- „Kein Problem, Sir", und damit zieht der schmierige Wirt auch schon wieder eiligst von dannen. Nachdem Norton das Glas hastig geleert hat, nimmt sein Gesicht einen resignierenden Ausdruck an. So sitzt er eine Weile da und beobachtet verächtlich das Geschehen um ihn herum, bis plötzlich die Tür der Spelunke aufgerissen wird und zwei junge Damen den Raum betreten, beide Arm in Arm, sich lustig unterhaltend, begleitet von den lauten Zurufen einiger männlicher Gäste. Sofort zuckt Norton zusammen und schaut hochkonzentriert in die Richtung der beiden Frauenzimmer. Ihrem äußeren Erscheinen und Verhalten nach verraten sie schon auf den ersten Blick, dass sie wahrscheinlich Straßendirnen sind. Sie setzen sich an den letzten freien Tisch und führen ihre lebhafte Unterhaltung fort, während sie sich mit bemerkenswerter Regelmäßigkeit billigen Schnaps einflößen.

Norton beobachtet die beiden Frauenzimmer unentwegt und sein Gesicht bekommt allmählich erneut die gleichen Züge wie auf dem Hinweg zu diesem verruchten Ort. Nach einer halben Stunde machen die beiden Dirnen Anstalten, die Schenke wieder zu verlassen. Norton tritt hastig zu dem Wirt hin und begleicht seine Zeche. „Ich wünsche noch einen schönen Abend, Sir."-„Danke, den werde ich bestimmt haben." Norton verlässt mit finsterem Blick die Spelunke und folgt den jungen Frauen unauffällig in den dichten Nebel von Londons Straßen.

„Warum malst du eigentlich immer nur Landschaften, James? Was würdest du von einem schönen Frauenakt halten? Natürlich kein gewöhnlicher Akt, es müsste schon etwas Spezielles sein. Er sollte eine besondere Note haben, zum Beispiel eine Nymphe im Garten Eden, die mit eleganter Leichtigkeit, völlig in sich versunken, gleichsam schwärmerisch, auf einer Astschaukel auf- und abschwingt und eine Rose in ihrem zarten Mund hält."-„Nein, das ist mir zu schwülstig, John. Anscheinend geht gerade wieder einmal deine erotische Phantasie mit dir durch. Solch ein Motiv käme für mich niemals in Frage", mit diesen Worten legt James Clayton seinen Pinsel zur Seite und setzte sich müde an seinen Schreibtisch am Fenster. Sein Gesicht zeigt weiche, intelligente Züge und die dunklen Locken reichen weit über die Schultern. Die lange, edel geschwungene Nase gibt seinem Gesicht eine gewisse Feinheit und Eleganz. „Kommst du morgen Nachmittag zum 5 Uhr Tee in das Teehaus im Westend? Die anderen wollen auch kommen."-„Ja, gerne James!", dabei fegt ein Ansturm von Begeisterung über John Brightons Gesicht, der im Gegensatz zu seinem Freund wesentlich kerniger wirkt. Sein Gesicht ist markant und männlich geformt, das Kinn steht leicht nach vorne. Blonde, kurze Haare schmücken sein Haupt und die leuchtend blauen Augen strahlen enorm viel Wille und Entschlusskraft aus. Sein Lächeln ist verschmitzt. Es scheint so, als wäre er um keine Antwort verlegen. „So, jetzt muss ich mich aber schleunigst nach Hause begeben und noch einmal intensiv das englische Strafrecht studieren, die Prüfungen rücken immer näher. Du hast es gut James. Wie schön muss es doch sein, sich als Künstler seiner Arbeit ohne Zeitdruck hingeben zu können, der Kreativität freien Lauf zu lassen, ohne einem strengen Zeitplan folgen zu müssen. Da könnte man glatt in Versuchung geraten, neidisch zu werden", mit diesen Worten greift John Brighton nach seinen Zylinder und schreitet mit eiligen Schritten zur Tür. „Bis morgen, John."-„Mach es gut und mal nicht wieder die ganze Nacht durch!" Nachdem die Tür ins Schloss gefallen ist, schaut James Clayton mit ernstem Blick auf sein unvollendetes Werk und beginnt vor sich hin zu murmeln: „Eigentlich hat John Recht, sehr beeindruckend ist das Bild nun wirklich nicht.

Ich sollte mich in Zukunft tatsächlich nach anderen Motiven umsehen." Erschöpft greift er nach der Times auf seinem Tisch und quält sich durch die Titelseite. „Hat denn diese Stadt nichts Spannenderes zu bieten als diese ewig gleichen, banalen Meldungen aus Politik und Wirtschaft?" Mit diesem letzten Gedanken fällt ihm langsam der Kopf nach vorne, dann schläft er ein.

Als James wieder aufwacht, schaut er erschrocken auf die Uhr. Es ist schon nach Mitternacht und wie er sich gerade von seinem Stuhl erheben will, um schlafen zu gehen, sieht er flüchtig aus dem Fenster, da erblickt er die Umrisse einer dunklen Gestalt, die gerade aus dem Nebel auftaucht. Er reibt sich die Augen und sieht ein zweites Mal hin. Er erkennt eine seltsam erscheinende Männergestalt, die einen durchaus merkwürdigen Gang aufweist.

Eigentlich ist ein männlicher Passant, der nachts durch Londons Straßen geht nichts Außergewöhnliches, aber diese Gestalt hat es auffällig eilig, schaut öfters nervös um sich und scheint das linke Bein nachzuziehen, womit sie die Aufmerksamkeit eines geschulten Auges sofort auf sich zieht. Nicht umsonst wurde James schon als Kind für seine ausgeprägte Beobachtungsgabe bewundert. So manches Rätsel hatte er auf Grund dieser Fähigkeit für seine Freunde lösen können und auch heute Nacht wird sie durch das Erscheinen dieses Mannes in Sekundenbruchteilen wieder geweckt. „Merkwürdiger Typ", denkt er und löscht das Licht.

*

Eileen O'Brian zieht ihre Freundin Susan Lancaster fest an sich, während die beiden durch die dreckigen Gassen des Londoner East-Ends torkeln. Als Tochter einer irischen Einwandererfamilie, die sich im Armenviertel von Whitechapel vor einigen Jahren niedergelassen hat, ist sie auf die schiefe Bahn geraten. Der falsche Umgang im Milieu des heruntergekommenen Stadtviertels brachte sie früh in Kontakt zu einem jungen Zuhälter, der ihre Neigung zum Alkohol geschickt ausnutzte, um sie von ihm abhängig zu machen.

„Na, wie viele Freier hast du denn heute schon beglückt, du alte Schlampe?"-„Jetzt werde nur nicht frech, Schätzchen! Bei meinem Aussehen schaffe ich doch locker genauso viele Freier wie du!"-„Oh, Gott! Gib mal nicht so an! Du bist doch vorne so platt wie eine Flunder. Huuh, hast du eine Fahne, da fallen einem ja die Haare aus!"-„Und? Was haben wir denn schon davon? Keith zieht uns sowieso fast jedes Pfund wieder aus der Tasche. Und wehe uns, wenn wir nicht pünktlich die Kohle an ihn abliefern, dann schlägt er uns windelweich. Aber das ist mir mittlerweile eigentlich auch scheißegal", mit diesen Worten wandelt sich das Lachen der jungen Frau zu einem resignierenden Gesichtsausdruck. „Manchmal wünsche ich mir, dass mein beschissenes Leben einfach ein Ende hätte. Damit würde mir der Herrgott dort oben wirklich einen großen Gefallen tun."-„Sag doch so etwas nicht, Susan! Irgendwann kommen wir aus diesem gottverdammten Dreckloch heraus und dann…"

Mitten im Satz hält Eileen inne. Eine dunkle Männergestalt taucht plötzlich aus dem dichten Nebel vor ihnen auf. Die beiden Frauen schrecken zusammen, bleiben stehen und schauen in das Gesicht des finster wirkenden Mannes. „Habt ihr beiden vielleicht einen Moment Zeit für mich?"-„Äh, wenn etwas für uns dabei herausspringt, stehen wir gerne zu ihren Diensten, Sir", antwortet Eileen spontan, ohne dabei den warnenden Blick ihrer Freundin zu beachten. „Gut, dann folgt mir kurz." Die Gestalt dreht sich um und geht in eine kleine Seitengasse hinein, die an einer alten Mauer entlang verläuft. Nach einer kurzen Strecke bleibt der Mann stehen, dann wendet er sich den beiden Frauen zu. Eileen ergreift als Erste das Wort: „Nun, wie sollen wir es Ihnen besorgen, Sir? Französisch kostet…"-„Schweig, du verdammte Hure!" Der Gesichtsausdruck des Mannes nimmt Züge eines wilden, fauchenden Tieres an. Seine rot unterlaufenen Augen beginnen zu funkeln. Die beiden Frauen schrecken sofort zurück und stoßen dabei mit dem Rücken an die Mauer. „Sir, wir verstehen nicht ganz…"-„Habe ich nicht eben gesagt, dass du dein verdammtes Maul halten sollst?"-„Ja, natürlich, Sir, aber was wollen Sie…?"-„Hat jemand von euch beiden Kinder?"-„Was soll die Frage? Natürlich nicht! Sie würden uns bei unserer Arbeit auch nur im Weg stehen.

Wir sind nun einmal keine gewöhnlichen Ehefrauen. Wenn mal eine von uns beiden schwanger wird, lässt sie es sich gleich wieder wegmachen. In Whitechapel gibt es da eine alte Frau, die…"-„Das sieht euch ähnlich, aber so müssen die armen kleinen Würmer später auch keine Qualen erleiden, wenn ihr sie im Suff schlagt und eure Aggressionen an ihnen auslasst. Ihr habt schon Recht, sie wären wirklich nur eine Plage für euch. Ihr Frauen seid doch alle gleich!"-„Was meinen Sie damit, Sir?", erwidert Susan nun mit ängstlicher Stimme. „Oh, doch! Ihr werdet gleich sehr wohl verstehen, was ich meine. Wisst ihr was - ihr beiden elenden Schlampen hättet heute Nacht lieber zu Hause bleiben sollen, aber so seid Ihr leider Edward Norton über den Weg gelaufen."-„Was soll das? Sind sie verrückt?", schreit Eileen empört los. Zu mehr kommt sie allerdings nicht mehr. Ehe die beiden Frauen reagieren können, packt Norton blitzschnell ihre Kehlen und drückt mit aller Kraft zu.

*

Inspektor Leslie Wood zieht den Schnupftabak mit einem kräftigen Zug durch seine Nase, dann betrachtet er den Tatort mit nachdenklicher Miene. Sein geschulter Blick tastet aufmerksam den Ort des Geschehens ab, dabei entgeht ihm nicht das winzigste Detail. „Schauen Sie sich die Würgespuren an den beiden Frauenhälsen an. Sind sie nicht ungewöhnlich?"-„Ich kann nichts Auffälliges erkennen, Sir", antwortet Robert Baker mit fragendem Blick und greift sich dabei an seinen kräftigen Stiernacken. „Es sieht so aus, als ob der Täter seine Opfer nur mit einer Hand erwürgt hätte." Baker beugt sich zu den Leichen nieder und inspiziert die beiden Hälse. „Ich kann zwar Würgespuren erkennen, aber beim besten Willen nicht beurteilen, ob der Mörder ein oder zwei Hände bei seiner Tat benutzt hat."-„Ich zeige es Ihnen Baker. Bei dem einen Opfer ist links am Hals ein schmales, längliches Würgemal und rechts ein einzelnes, rundes Mal zu sehen. Das linke Mal ist die Stelle, wo die Finger anlagen, das rechte Mal wurde durch den zudrückenden Daumen erzeugt. Bei dem anderen Opfer ist es genau umgekehrt. Was kann man daraus schließen?"

Baker schaut ratlos auf die beiden Hälse herab: „Keine Ahnung, Sir. Sagen Sie es mir."-„Die beiden Frauen wurden gleichzeitig erwürgt, eine mit der linken und eine mit der rechten Hand. Der Täter muss sehr kräftig gewesen sein, das steht schon einmal fest."-„Respekt, Sir! Wie schaffen Sie es nur immer wieder, eine solch geniale Tatortinspizierung durchzuführen? Es wird mir für immer ein Rätsel bleiben."-„Sie sehen nur, aber beobachten nicht, Baker. Beim Beobachten folgt nach dem Sehen die Deduktion, also die logische Schlussfolgerung und Ableitung des Gesehenen. So etwas kann einem keine Polizeischule der Welt beibringen, auch wenn sie Scotland Yard heißen mag." Wood betrachtet nachdenklich den schwarzen Mantel am Boden, mit dem die Oberkörper und Gesichter der beiden Leichen bedeckt waren, als sie den Tatort erreichten. „Was der Mantel für eine Bedeutung haben soll, kann ich mir momentan allerdings auch nicht erklären, merkwürdig."

Der Inspektor geht langsam den Weg zur Straßeneinmündung entlang. Sein Kopf ist dabei permanent zum Boden geneigt. Nach ein paar Minuten kehrt er zurück. „Ein Glück, dass der Untergrund hier auf dem schmalen Weg sehr weich ist."-„Haben Sie Fußspuren entdeckt, Sir"-„Oh, ja! Das kann man wohl sagen. Ich glaube mit ziemlich großer Sicherheit behaupten zu können, dass der Täter einen leichten Gehfehler hat. Genauer gesagt zieht er das linke Bein ein wenig nach. Es ist nicht sehr gravierend, aber bei genauem Hinsehen kann man es erkennen."-„Na, das wäre doch schon einmal ein Anhaltspunkt für unsere weiteren Ermittlungen", erwidert Baker mit einem wichtigen Unterton. „Gut, aber wir benötigen unbedingt noch weitere Informationen. Sie haben jetzt den Auftrag herauszufinden, was es mit diesen beiden Frauen auf sich hat. Ich möchte genau wissen, mit wem und wo sie verkehrt sind. Fangen sie am besten in den einschlägigen Kneipen von Whitechapel an. Die beiden Opfer sehen mir doch allzu sehr nach Prostituierten aus. Ach, und Baker!"-„Ja, Sir."-„Beeilen Sie sich bitte. Ich werde das Gefühl nicht los, dass unser Täter recht bald wieder zuschlagen wird."-„Ich werde mein Bestes tun, Sir."

*

Edward Norton steht vor dem Schaufenster eines Bekleidungsgeschäfts im Londoner West-End und schaut verächtlich auf den schwarzen Ledermantel, der dort ausgestellt ist. Er scheint einen Moment zu zögern, doch dann steuert er auf die Eingangstür des Geschäfts zu. Noch während die Türglocke den Besucher ankündigt, ertönt die freundliche Stimme des Geschäftsinhabers: „Guten Tag, Doktor Norton! Wie geht es Ihnen? Was machen Ihre Patienten?" Norton setzt ein gequältes Lächeln auf. „Ja, die kommen momentan zu Hauf. Ich kann nicht klagen."-„Nun, ist ja auch kein Wunder bei diesem nasskalten Novemberwetter, nicht wahr?"-„Da mögen Sie Recht haben, Mr. Crow."-„Was kann ich für Sie tun, Sir?"-„Ich würde mich für den schwarzen Ledermantel im Schaufenster interessieren."-„Gute Wahl. Er ist aus einem exklusiven Leder gefertigt, aber habe ich richtig in Erinnerung, dass Sie eine Abneigung gegen schwarze Mäntel haben, besonders wenn sie aus Leder gefertigt sind?"-„Das haben Sie sich aber gut gemerkt, Mr. Crow. Der Mantel soll allerdings nicht für mich sein, vielmehr möchte ich ihn jemandem schenken."-„Das ist natürlich etwas anderes. Ich habe ihn allerdings nur in zwei Größen da, und zwar..."-„Ich nehme den Mantel im Schaufenster. Die Größe scheint mir passend zu sein", unterbricht Norton den Verkäufer. „Gut, wie Sie wollen, Sir. Ich gehe davon aus, dass Sie das Preisschild schon gesehen haben, oder?"-„Schon gut, das ist mir die Sache wert."-„Oh, dann scheint der glückliche Empfänger ihn ja verdient zu haben", antwortet der Verkäufer und zwinkert Norton mit einem Auge zu. Für einen Moment verschwindet bei diesem das aufgesetzte Lächeln und weicht einem zynischen Grinsen: „Ja, so könnte man es auch ausdrücken."

*

Das bunte Herbstlaub wirbelt über die Straße und führt einen eigenartigen Tanz auf, wobei es sich spiralförmig bis in die Baumkronen der Platanen, die sich den breiten Gehweg am Straßenrand entlangziehen, emporarbeitet. James Clayton hat den Kragen seines Mantels steil hochgestellt und kämpft gegen den Wind an.

Es ist kurz vor fünf Uhr am Nachmittag, als er durch die Drehtür des Teehauses *Little Buddha* in der Stacey Street tritt. Ein ihm wohlvertrauter Duft, die exotische Mischung aus Bergamottöl und Sandelholz, zieht ihm am Eingang durch die Nase. Clayton geht die kurze Treppe hoch und landet im ersten Stock. Oben angekommen wandert sein Blick sofort durch den Raum. Schon sieht er den erhobenen Arm seines Freundes John, der ihn mit freudiger Miene an einen Tisch am großen Panoramafenster des Teehauses winkt. „Setz dich zu uns, James! Schlechtes Wetter heute, da trifft man sich doch gerne mit seinen Freunden zum Tee, nicht wahr?"-„Wie Recht du doch hast, John", erwidert James kurzgebunden und setzt sich. Kaum hat er Platz genommen, eilt ein schlanker Mann indischer Herkunft an den Tisch und fragt mit einem leichten Akzent:" Was wünschen Sie, Sir?"-„Bringen Sie mir bitte einen Earl Grey Tee und ein Stück Teekuchen." Während James die Bestellung aufgibt, betrachtet er interessiert die breite Zahnlücke sowie die grauen, fettigen Haare, die der schon etwas betagte Ober streng akkurat über den schmalen Schädel nach hinten gekämmt hat. In der Mitte des Kopfes kommt ein schmaler, mit Schuppen übersäter Scheitel zum Vorschein. „Vielen Dank, Sir."-„Hast du schon den Leitartikel der Times heute gelesen?" James dreht sich um und schaut in das grazile Gesicht von Sarah Miller. Es wird durch hohe Wangenknochen, einen schmalen, feinen Mund und mandelförmige blaue Augen geschmückt.

„Nein, noch nicht. Wieso? Gibt es etwa ausnahmsweise irgendwelche nennenswerte Neuigkeiten in dieser einsamen Stadt?"-„Wenn der Doppelmord an zwei Prostituierten in Whitechapel letzte Nacht für dich nennenswert sein sollte, dann wohl schon." Sarah reicht ihm die Titelseite und beim Überfliegen der Zeilen macht sich allmählich Erstaunen auf James Gesicht breit. „Sieh mal einer an, der kriminelle Geist Londons scheint erwacht zu sein. Anscheinend steht Scotland Yard nach langer Zeit wieder einmal ein schwieriger Fall bevor. Nun, man wird sehen."-„Was macht die Malerei, James? John hat mir erzählt, dass du wieder einmal eine englische Landschaft als Motiv ausgewählt hast."

James bemerkt sofort Sarahs herausfordernden Blick: „Ich weiß, Sarah, ihr habt einfach nichts übrig für diese Art von Malerei, aber ich mag es nun einmal, Landschaften zu malen. Obwohl ich ganz ehrlich zugeben muss, dass es mich ebenso reizen würde, ein skurriles Stillleben oder Porträt auf Leinwand zu verewigen."-„Ich könnte dir ja Modell stehen. Was hältst du davon?"-„Genau, Sarah würde sich dir wirklich sehr gerne als Aktmodell zur Verfügung stellen."-„Lass das John! So habe ich das natürlich nicht gemeint", erwidert Sarah mit energischem Ton und blickt mit ernster Miene durch das Panoramafenster auf die vorübergehenden Passanten hinunter. „Warum eigentlich nicht? Wenn ich mit dem Bild fertig bin, werde ich auf dein Angebot zurückkommen. Vielleicht verkauft sich ein solches Bild wesentlich besser als die englischen Landschaftsmotive, die ich zuvor gemalt habe, wer weiß."

*

Inspektor Baker schaut mit müdem Blick aus dem Fenster der Droschke, die durch die vollen Straßen des Londoner East Ends rollt. Er hat die letzte Nacht wenig geschlafen. Immer wieder tauchen die Bilder der beiden Frauenleichen in seinen Gedanken auf. Dass er es schon mit grausameren Mordtaten während seiner Tätigkeit beim Scotland Yard zu tun hatte steht außer Frage. Allerdings weist dieser Tatort diesmal einige Merkwürdigkeiten auf. „Halten Sie bitte hier vorne."-„Wie Sie wünschen, Sir!", erwidert der Kutscher und fügt nach: „Soll ich hier draußen warten, Sir?"-„Ja, bitte. Ich nehme an, dass es nicht allzu lange dauern wird."

Baker steigt aus der Kutsche, schaut auf das verwitterte Kneipenschild und nach zweimaligem Hinsehen kann er darauf den Namen *East End Pub* entziffern. Der Inspektor geht zur Eingangstür der Kneipe und klopft gegen die schwere Holztür. Es dauert nur einen kurzen Moment, bis sich die Tür langsam öffnet. Das dicke, schmierige Gesicht des Inhabers erscheint. „Sie wünschen, Sir?", fragt der Wirt und bekommt dabei kaum die Zähne auseinander. „Guten Tag! Ich bin Inspektor Baker vom Scotland Yard.

16

Hätten Sie wohl einen Moment Zeit für mich, um mir ein paar Fragen zu dem Mord an den zwei Prostituierten in Whitechapel letzte Nacht zu beantworten?"-„Ja, natürlich, Sir. Kommen Sie doch bitte herein."

Der Wirt führt Baker in die Schankstube und bietet ihm einen Platz an. Er reibt sich die verschlafenen Augen, während er dabei versucht, ein Gähnen zu unterdrücken. „Ich habe heute Morgen schon davon gehört. Ich bin sehr entsetzt darüber, was letzte Nacht nicht weit von hier geschehen ist. Sie müssen wissen, Sir, dass die beiden Frauen in meiner Kneipe regelmäßig verkehrt sind."-„Wirklich? Das kann uns natürlich weiterhelfen. Dann wissen Sie vielleicht auch ihre Namen?"-„Ja, natürlich, Sir. Die rothaarige hieß Eileen O'Brian und die andere - ich muss kurz überlegen - jetzt weiß ich es wieder. Sie hieß Susan Lancaster."-„Ist Ihnen gestern Abend irgendetwas Besonderes aufgefallen, als die beiden Frauen hier aufgetaucht sind?"

„Nein, ich wüsste nicht, Sir. Sie kamen wie immer schon leicht angetrunken zur Tür hinein und setzten sich zu ihren Freunden an den Tisch dort hinten."-„Was sind das für Freunde?"-„Nun, ihr Zuhälter, er heißt Ron Carter, und noch ein paar andere Jungs."-„Gab es an diesem Abend Streit zwischen den Frauen und den Männern am Tisch?"-„Nein, mir ist nichts aufgefallen."-„Hatten die beiden Frauen ein gutes Verhältnis zu ihrem Zuhälter?"-„Bei ihren Freunden waren die beiden Mädels sehr beliebt. Ich glaube, dass Ron sie meistens auch gut behandelt hat, außer…"-„Außer was?"-„Nun, es kam anscheinend ab und zu vor, dass sie nicht rechtzeitig das Geld von ihren Freiern ablieferten, dann konnte Ron schon mal gewalttätig werden."-„Er schlug die Frauen also?"-„Ja, Sir, aber ich kann mir einfach nicht vorstellen, dass er zu weit gegangen wäre, zumal die beiden ja auch eine gute Einnahmequelle für ihn waren. Die Freier flogen geradezu auf sie." Baker macht ein nachdenkliches Gesicht, bevor er zur nächsten Frage ansetzt: „Ist Ihnen sonst noch irgendetwas Außergewöhnliches an diesem Abend aufgefallen?"-„Nein, wirklich nicht, Sir, obwohl…". Baker schaut blitzschnell auf, als hätte er eine Vorahnung: „Obwohl…?"

„Da kam vorher ein Mann in die Kneipe, den hatte ich noch nie zuvor hier gesehen. Irgendwie kam er mir gleich etwas seltsam vor. Man konnte auf den ersten Blick erkennen, dass er nicht aus dieser Gegend stammt, viel zu fein. Er schaute grimmig um sich und beobachtete die Gäste im Schankraum sehr genau, das ist mir aufgefallen. Als ich seine Bestellung aufnahm, fielen mir seine Augen auf."-„Und? Was genau fiel Ihnen auf?", sagt Baker und schaut hochkonzentriert in das Gesicht des Wirtes. „Sie erschienen mir sehr unheimlich, aber ich kann es nicht genau erklären."-„Ist Ihnen sonst noch etwas an ihm aufgefallen? Wie bewegte er sich? Ist er vielleicht merkwürdig gelaufen?". Der Wirt hebt hastig den Kopf und reißt die Augen auf: „Ja, genau, jetzt wo Sie es sagen, fällt es mir wieder ein. Ich glaube in Erinnerung zu haben, dass er leicht hinkte."-„Können Sie sich vielleicht erinnern auf welchem Bein er hinkte, rechts oder links?"-„Oh, da bin allerdings überfragt", sagt der Wirt nachdenklich und hält die Hand vor die Stirn, während er krampfhaft seine Gedanken zu ordnen versucht. „Lassen Sie nur, das reicht mir eigentlich schon."-„Darf ich fragen warum Sie wissen wollen, ob der Mann hinkte, Sir?"-„Wir haben am Tatort an Hand von Fußspuren im weichen lehmigen Bode feststellen können, dass der Täter mit größter Wahrscheinlichkeit einen leichten Gehfehler hat. Ich hätte jetzt zum Abschluss noch eine Bitte an Sie. Wären Sie so nett morgen früh zu uns auf das Revier zu kommen, um noch ein paar Angaben zu dem Aussehen des Täters zu machen. Unser Zeichner würde dann eine Phantomzeichnung, also quasi einen Steckbrief, von dem Täter erstellen. Wir werden diese dann an sämtliche Londoner Tageszeitungen weiterleiten. Vielleicht kennt jemand den Täter, weiß wo er wohnt, sich aufhält oder wo er arbeitet. Eine Täterbeschreibung könnte uns sehr nützlich sein."-„Natürlich, Sir. Kein Problem." Baker steht auf und geht zur Tür des Schankraumes. „Also, dann bis morgen früh Mr. ...."-„McClary, Liam McClary, Sir."-„Gut, Mr. McClary . Ich wünsche Ihnen noch einen schönen Tag!"-„Ich Ihnen auch, Sir." Baker setzt seinen Zylinder auf und verlässt die Kneipe. Als er in die Droschke steigt, zeigt sein Gesicht schon ein wenig entspanntere Züge.

*

„Hast du den Schlüssel jetzt verloren oder nicht? Antworte gefälligst, du elende Missgeburt!"-„Nein, Mutter, ich habe ihn nicht verloren, er wurde mir gestohlen"-„Sei still! Noch so eine Ausrede und du wirst es bereuen, du verdammter Krüppel!"-„Bitte! Glaub mir doch, Mutter! Ich habe ihn nicht verloren, man hat ihn…"-„Jetzt reicht es! Wollen wir doch mal sehen, was Papas Liebling so alles aushält. Du bist ein Nichtsnutz und wirst es auch für immer bleiben!"-„Nein, bitte nicht! Leg den Stock weg! Bitte, ich flehe dich an! Au, hör auf zu schlagen! Ich kriege keine Luft mehr…!"

Mit einem plötzlichen Aufwimmern wacht Edward Norton schweißgebadet auf. Angst zeichnet sich auf seinem Gesicht ab. Verwirrt schaut er um sich, schließlich bleibt sein Blick am Schlafzimmerfenster hängen. Ein schwacher Schein des Vollmonds dringt durch die dünnen Vorhänge. Langsam richtet er sich auf und bleibt auf der Bettkante sitzen. Noch immer von seinem Albtraum befangen starrt er auf den Boden. „Warum hast du mir das angetan, Mutter? Warum?" Auf einmal lösen sich Tränen aus den tiefliegenden Augen des vom Leben gezeichneten Mannes. In diesem Zustand verharrt Norton eine Weile. In seinem Kopf scheint es zu arbeiten. Bilder aus seiner Kindheit drängen sich ihm in seinen Gedanken auf.

Dann, ganz plötzlich, verändert sich sein Gesichtsausdruck. Er nimmt harte, geradezu brutale Gesichtszüge an. Norton steht auf und geht in das Wohnzimmer. Die schwere Standuhr schlägt ein Uhr. Er holt aus einem Regal eine schmale langgezogene Pfeife hervor, die er in einen Samtbeutel packt. Danach geht er zurück in das Schlafzimmer, zieht sich an und öffnet schließlich einen Garderobenschrank, indem eine Reihe langer schwarzer Mäntel hängen. Norton greift ohne zu zögern zu einem der Mäntel, zieht ihn an und lässt den Pfeifenbeutel in der geräumigen Innentasche verschwinden. Nach Zylinder und Stock greifend verlässt er die Wohnung.

Als er auf die Straße tritt, schaut er mit finsterem Blick kurz in den klaren Sternenhimmel der kalten Novembernacht hinauf, dann setzt er sich mit schnellen Schritten in Bewegung. Wenige Augenblicke später verschwindet Norton schließlich im Straßenlabyrinth Londons.

*

Dichte Rauchschwaden ziehen durch den düsteren Raum. Ein paar sporadisch aufgestellte Kerzen sind die einzigen Lichtquellen, die diesen unheimlich wirkenden Ort beleuchten. Bei genauerem Hinsehen kann man die durch den Rauch verschleierten Konturen männlicher Gesichter erkennen. Manche der Männer liegen auf provisorischen Pritschen, andere sitzen auf alten Schemeln, haben die Augen geschlossen oder starren apathisch an die Decke, während sie an ihren langen, schmalen Pfeifen ziehen und mit starken Zügen das Opium inhalieren. Die Gesichter der Raucher sind bleich und eingefallen und ihre Blicke wirken verloren und leer.

Die Opiumhöhle, im östlichen Hafengebiet der Stadt gelegen, ist einer der verruchtesten Orte Londons. Sie wurde noch vor kurzem als Lager für Frachtgüter aus aller Welt genutzt, die mit Handelsschiffen auf der Themse in den Hafen transportiert werden. Jetzt dient dieser Ort als Versteck für viele merkwürdige Kreaturen, die sich hier ihrem Laster ungestört hingeben können. Sie gehören den verschiedensten Gesellschaftsschichten an. Um nicht aufzufallen, tragen sie meist einfache und unauffällige Kleidung. Hier findet man Personen aller Berufsgruppen, vom einfachen Arbeiter bis hin zum Akademiker oder hochgestellten Beamten. Vor einem Jahr hatte Jack Steward, ein runtergekommener schottischer Einwanderer aus Whitechapel, diesen unterirdischen Lagerraum mit einigen kleinen Nebenräumen günstig mieten können. Seitdem betreibt er zusammen mit seiner chinesischen Freundin Su Chin diese Opiumhöhle. Einer der Besucher kauert in einer Ecke des Raumes, dessen gewölbte Decke durch die Rauchschwaden hindurch kaum zu erkennen ist. Edward Norton genießt mit tiefen Zügen die beruhigende und schmerzlindernde Wirkung des Stoffes.

Schon während seines Medizinstudiums war er dem Genuss von Opiaten nicht abgeneigt gewesen, obwohl er am Beispiel eines guten Freundes sehr genau beobachten konnte, wie sich durch den exzessiven Gebrauch dieser Droge ein Mensch zu einem physischen und seelischen Wrack verwandeln kann.

An diesem Abend weckt Stewards Freundin Su sein Interesse. Ihm fällt auf, dass sie in regelmäßigen Abständen den Raum durchquert, nach kurzer Zeit in Begleitung eines Kunden zurückkehrt und in einem der Nebenräume verschwindet. Anfänglich geht Norton davon aus, dass die Frau in unmittelbarer Nachbarschaft der Opiumhöhle dem horizontalen Gewerbe nachgeht und ordnet der ganzen Angelegenheit keine besondere Bedeutung zu. Doch dann fällt ihm die außergewöhnliche Kleidung der Chinesin auf, die äußerst furchterregend auf ihn wirkt. Durch und durch in schwarzem Leder gekleidet, die Augen extrem dunkel geschminkt und mit Nietenarmbändern an ihren Handgelenken, sieht sie geradezu dämonisch aus. Verstärkt wird sein Interesse noch durch die unterwürfig wirkende Körperhaltung einiger ihr folgenden Herren.

Als die Frau gerade wieder einen der seltsamen Herren durch den Raum begleitet, vernimmt Norton die krächzende Stimme eines eklig wirkenden Alten, der sich nicht unweit von ihm mit einem jüngeren Mann unterhält. „Sieh mal, der schwarzen Priesterin scheint es ja in letzter Zeit nicht gerade an Kundschaft zu mangeln, oder?"-„Es sieht so aus, als ob es in dieser Stadt einige bedauernswerte männliche Kreaturen gäbe, die das Bedürfnis verspüren, sich ihre Trachtprügel auf eine sehr seltsame Art und Weise von einer Dame abholen zu müssen", erwidert der andere. „Wie abartig muss man doch veranlagt sein, um sich solchen Qualen auszusetzen und dermaßen erniedrigen zu lassen?", krächzt der Alte, räuspert sich und nimmt einen tiefen Zug aus der Pfeife, wobei er die Augen zu zwei schmalen Schlitzen zusammenzieht. „Ich habe mal gehört, dass diese Typen dabei…" Norton verzieht das Gesicht und versucht das Ende des Satzes noch mitzubekommen, aber seine Bemühungen sind zwecklos. Die beiden Stimmen werden leiser und verlieren sich in einem unverständlichen Gemurmel. Sein

Gesichtsausdruck wirkt nachdenklich. Hatte er nicht hin und wieder, wenn er zur späten Stunde an diesem Platz verweilte, in der Ferne merkwürdige Laute durch den Raum klingen hören, so als ob jemand winseln oder schluchzen würde.

Kaum hat Norton diesen Gedanken beendet, da dringt erneut solch ein merkwürdiges Geräusch durch den Raum. Sofort wandert sein Blick in die Richtung des Nebenraumes und bleibt starr an der verrosteten Eisentür hängen, hinter der sich sehr merkwürdige Dinge abzuspielen scheinen. Norton fühlt einen nasskalten Schauer über seinen Rücken laufen, als ein lauter schmerzerfüllter Schrei aus dem Nebenraum ertönt. Schon macht er Anstalten aufzustehen und der Sache nachzugehen. Nein, auf keinen Fall! Das wäre zu auffällig. Schließlich will er an diesem Ort nicht unangenehm auffallen. Der Schotte würde vielleicht Verdacht schöpfen und dann…

Langsam sackt er in sich zusammen. Je mehr er über das Treiben hinter der schweren Eisentür nachdenkt, umso mehr widert ihn diese Angelegenheit an. Nein, noch mehr, es kommt ein abgrundtiefer Hass in ihm auf sowohl gegen die Freundin des zwielichtigen Schotten, die als schwarze Priesterin ihre sadistischen Neigungen auszuleben versucht, indem sie Männer foltert und dabei auch noch Geld verdient als auch gegen ihr Klientel, welches anscheinend Genuss empfindet, sich körperliche und seelische Schmerzen von einer Frau zufügen zu lassen. „Zur Hölle mit ihnen!", denkt Norton, steht auf und verlässt mit furchterregender Mine seinen Platz. „Dem scheint ja wohl irgendetwas nicht zu passen, oder?"-„Da magst du wohl Recht haben, wer weiß, vielleicht sehnt er sich ja ebenfalls nach einer ordentlichen Abreibung hinter der Tür dort hinten?", antwortet der Alte mit einem hämischen Grinsen auf dem Gesicht.

*

Su Chin legt ihr Arbeitswerkzeug beiseite, während ihr letzter Kunde seinen Mantel anzieht und den Zylinder aufsetzt. „Hat es Ihnen heute gefallen, Mr. Laney?", ertönt die kindliche und gekünstelt wirkende Stimme der Chinesin. „Ja, wunderbar! Das sollten wir demnächst unbedingt wiederholen, Miss Chin."

„Kein Problem, Ihr Wunsch sei mir Befehl, Sir." Paul Laney öffnet die schwere Eisentür und taucht in den Rauch der angrenzenden Opiumhöhle ein. Su Chin knöpft ihren Ledermantel zu, löscht die Öllampen aus und folgt dem angesehenen Londoner Bankier nach draußen. „Wie lief es heute, mein Schatz?", ertönt Jack Stewards Stimme, der am Eingang des Raumes auf einem kleinen Schemel hockt. „Sehr gut! Mr. Laney hat es sogar besonders gut gefallen. Er liebt Sonderbehandlungen."-„Soll ich dir eine Droschke rufen?"- „Nein, nicht nötig. Es ist ja nur ein kurzer Weg nach Hause. Danke, Jack."

Fünf Minuten später ist Su Chin auf dem Weg zwischen den alten Lagerhäusern in Richtung Whitechapel. Die klobigen Absätze ihrer schwarzen Lederstiefel lassen ihre Schritte auf den Pflastersteinen laut ertönen. Das Licht der Gaslaternen wirft einen doppelten Schatten des schnell dahingleitenden Frauenkörpers auf das nasse Straßenpflaster der Docks. Plötzlich taucht aus dem Nichts eine untersetzte Männergestalt neben ihr auf. „Macht Ihnen das eigentlich Spaß?", ertönt eine tief grollende Stimme neben ihr. Die Frau bleibt erschrocken stehen: „Wie bitte? Was wollen Sie?", antwortet die Chinesin mit aufgeregter Stimme. „Die Männer in ihrem Folterraum durchzuprügeln und zu erniedrigen, das meine ich!" Unverständnis und Verwirrung ist auf dem Gesicht der Frau abzulesen. „Das geht Sie nun wirklich überhaupt nichts an! Verschwinden Sie und lassen sie mich in Ruhe!", antwortet sie mit zorniger Stimme. Edward Nortons Gesicht nimmt wütende Züge an: „Und ob mich das etwas angeht!", schreit er mit dämonischem Gesichtsausdruck und kommt schnell näher. Su Chin setzt zu einem Hilfeschrei an, da schnellt das Skalpell Nortons empor, entstellt mit vier schnellen Schnitten das Gesicht der Asiatin und durchschneidet ihr danach mit einem geschickten Schnitt die Kehle. Das Schreien geht langsam in ein Röcheln über. Su Chins Körper fällt zu Boden. Edward Norton zieht seinen Mantel aus und legt ihn über das Gesicht und den Oberkörper seines Opfers. Danach schaut er kurz um sich und verschwindet so schnell in den dunklen Seitengassen des East-Ends, wie er gekommen war.

*

Eine freie Droschke rollt durch die Straßen Londons. Jeff Bridge fährt seit über zwanzig Jahren Fahrgäste durch diese Stadt. Es ist empfindlich kalt an diesem Herbstmorgen. Bridge zieht die Nase hoch, als er in der Nähe des Hafens im East-End aus dem Depot fährt. Kurze Zeit später biegt er in eine schmale Gasse ein. Kaum ist er eingebogen, zieht er mit einer plötzlichen Bewegung kräftig an den Zügeln. Die Droschke bleibt abrupt stehen. „Mein Gott, was ist denn das?", entfährt es ihm. Vor ihm liegt mitten auf der Straße ein Körper auf dem Boden. Das Gesicht und der Oberkörper sind mit einem Mantel bedeckt. Bridge springt vom Kutscherbock und eilt zu dem reglosen Körper. Er zögert einen Moment und schaut hektisch um sich. Schließlich hebt er den Mantel an. Bridge schreckt zurück. Ein entstelltes Frauengesicht kommt zum Vorschein. „Jesus Maria!", entfährt es ihm. Entsetzt lässt Bridge den Mantel fallen. Schnell eilt er zurück zu seiner Droschke. Er schwingt die Peitsche und treibt die Pferde die Gasse hinunter. An der nächsten Straßenkreuzung angekommen entdeckt er zu seiner Erleichterung auf der gegenüberliegenden Straßenseite einen Polizisten: „Sir, kommen Sie schnell! Ich glaube, in der Gasse dort hinten ist etwas Schreckliches passiert."

30 Minuten später stehen die Inspektoren Wood und Baker neben der Frauenleiche und schauen ernst in Richtung des Kutschers. „Sie sollten eigentlich wissen, dass man an einem Tatort nichts anfasst, bis die Polizei vor Ort ist. Es könnten wichtige Spuren dadurch unkenntlich gemacht werden."-„Jawohl, Sir! Ich muss mich für mein Verhalten vielmals entschuldigen, aber ich…"-„Es gibt kein aber! Versuchen Sie nur nicht eine   Rechtfertigung für ihr dummes Verhalten zu finden", erwidert Wood in einem harten Ton. „Sehen Sie den Mantel Baker? Ich hatte also Recht mit der Annahme, dass unser Mann sehr bald wieder zuschlagen wird."-„Woher sind Sie sich eigentlich so sicher, dass es sich bei dem Täter um einen Mann

und nicht um eine Frau handelt?", erwidert Baker und schaut mit fragendem Blick in Richtung seines Kollegen.

„Weil es wohl kaum eine Frau geben mag, die so viel Muskelkraft besitzt, um mit beiden Händen zwei Frauen gleichzeitig zu erwürgen, wie es bei den beiden ersten Opfern des Täters der Fall war. Diesmal gibt es allerdings keine Fußspuren zu entdecken. Falls welche zu sehen waren, hat der starke Regen in der Nacht alle verschwinden lassen. Aber dafür gibt es eine neue, interessante Spur an dem Leichnam zu entdecken. Was besitzt dieses Opfer an Merkmalen, welche die beiden ersten Opfer nicht besaßen? Strengen Sie mal ihren schlauen Kopf an." Inspektor Wood schaut mit erwartungsvollem Blick in Richtung seines Kollegen. „Die beiden Dirnen wiesen keine Verstümmelung des Gesichts auf."-„Richtig! Und weiter?"-„Den Augen nach scheint das Opfer asiatischer Abstammung zu sein."-„Ja, das stimmt auch, aber wie wurden die Verstümmelungen erzeugt?"-„Durch ein Messer nehme ich an, es sind eindeutig Schnittwunden zu sehen, Sir."-„Wieder richtig. Fällt Ihnen an den Schnittwunden etwas Besonderes auf?"-„Ehrlich gesagt eigentlich nicht, Sir", dabei wandelt sich Bakers Gesichtsausdruck zu einer ratlosen Miene. „Die Schnitte sind enorm fein ausgeführt und recht tief verlaufend, wie es scheint. Was ich damit sagen will ist, dass ein sehr scharfes und feines Schneidegerät vom Täter verwendet wurde, so etwas Ähnliches wie ein...".„Skalpell? Meinen Sie das?"-„Genau! Unser Mann scheint sich mit diesem speziellen Werkzeug gut auszukennen. Vermutlich hat er sogar beruflich damit zu tun. Vielleicht ist er ein Chirurg?"-„Könnte schon gut möglich sein", antwortet Baker und fängt an zu notieren. „Es gibt nun einiges zu tun. Machen Sie sich am besten gleich an die Arbeit und überprüfen Sie alle in Frage kommenden Personen in der Stadt."-„Aber wissen Sie eigentlich wie viele Mediziner und Chirurgen in London tätig sind?"-„Natürlich weiß ich das und deswegen sollten Sie eigentlich schon unterwegs sein, um die Sache anzugehen. Und vergessen Sie nicht die Personen, die schon im Ruhestand sind, Baker."-„Jawohl, Sir! Ich bin schon unterwegs."

Zwei Minuten später – Inspektor Leslie Wood steht alleine neben dem Leichnam. Sein Blick ist starr auf den Körper der toten Frau gerichtet. Tief in Gedanken versunken ertönen auf einmal ein paar leise Worte zwischen seinen schmalen Lippen: „Das wird wohl wahrlich keine leichte Aufgabe werden, aber wir werden dich schon kriegen", damit wendet sich der Inspektor mit einem plötzlichen Ruck herum und geht entschlossenen Schrittes davon.

*

Das Laub raschelt unter den Füßen Edward Nortons, als er einen abgelegenen Seitenweg im Hyde Park entlang geht. Die Sonne steht zu dieser Jahreszeit sehr niedrig, trotzdem spendet sie den Spaziergängern eine wohltuende Wärme. Norton steuert eine in der Sonne stehende Parkbank an. Langsam setzt er sich nieder. Interessiert schaut er um sich und beobachtet das herbstliche Naturschauspiel, das der Park seinen Besuchern bietet. Ein Eichelhäher sitzt auf einer großen Eiche und bedient sich der nährstoffhaltigen Baumfrüchte. Zwei Krähen krächzen laut, als würden sie sich durch die Gegenwart des neuen Gastes gestört fühlen, von einer Birke herunter. Eine kräftige Windböe zieht durch die nahen Baumwipfel. Das Rauschen der Herbstblätter gleicht einer melancholischen Melodie voller Sehnsucht, Traurigkeit und vergangenem Leben. Der dumpfe und warme Glockenton einer nahe gelegenen Kirche lädt zum Gottesdienst ein. Norton schließt die Augen und lauscht den Geräuschen.

Plötzlich ertönt eine hohe Männerstimme neben ihm: „Guten Tag, Dr. Norton! Genießen sie auch diesen herrlichen Herbsttag?" Der Angesprochene öffnet die Augen und schaut in das schmale Gesicht eines älteren Mannes mit kräftigen rötlichen Haaren, der einen sehr aufgeweckten Eindruck macht. „Ja, natürlich Mr. Carpenter. So etwas darf man sich doch nicht entgehen lassen, oder? Was macht denn ihr Rücken? Kommen sie einigermaßen zurecht?"-„Nun, ich kann nicht klagen. Haben Sie etwas dagegen, wenn ich mich einen Moment zu ihnen setzte, Sir?" Norton scheint nicht sehr erfreut über die Frage seines langjährigen Patienten zu sein. „Ja, setzten Sie sich ruhig." Kaum hat Carpenter sich auf der Bank niedergelassen, zieht er aus der Innentasche seines Mantels eine Tageszeitung heraus und beginnt aufmerksam zu lesen.

Norton beobachtet währenddessen das Profil seines Banknachbarn heimlich aus den Augenwinkeln. Er kann erkennen, wie dessen Gesichtsausdruck immer ernster wird, dann beginnt Carpenter mit dem Kopf zu schütteln. „Was sagen Sie zu dem Serienmörder, der momentan in London sein Unwesen treibt, Doktor?"-„Ja, das ist schon schrecklich. Was gibt es doch für kranke Menschen auf dieser Welt", sagt Norton und wagt dabei einen vorsichtigen Blick auf die Titelseite der Zeitung. Plötzlich verändert sich die Miene des Doktors. Schrecken zeichnet sich für einen Moment auf seinem Gesicht ab. Eine Phantomzeichnung von dem gesuchten Täter ist dort groß abgebildet. „Man könnte schon fast meinen, dass Jack the Ripper zurückgekehrt ist. Auch dieser Schurke zieht eine blutige Spur durch Whitechapel und scheint es unter anderem ebenso auf junge Prostituierte abgesehen zu haben. Was meinen Sie dazu, Sir?"-„Einige Parallelen sind schon zu erkennen, das kann man nicht bestreiten", antwortet Norton, während er Carpenter weiterhin konzentriert von der Seite beobachtet.

Für eine Weile herrscht Schweigen zwischen den beiden, dann zieht Carpenter die Stirn in Falten und dreht seinen Kopf zu Norton herum. „Wenn ich es mir genau überlege, wären Sie ja eigentlich der ideale Tatverdächtige. Sie hinken ebenso leicht auf dem linken Bein, können als Arzt mit dem Skalpell umgehen und wenn man sich den schwarzen Vollbart sowie die dunklen Haare wegdenkt, ist eine gewissen Ähnlichkeit nicht zu übersehen." Norton fällt sofort der misstrauische Unterton seines langjährigen Patienten auf und wirkt alarmiert. Schließlich legt er vertraulich seine Hand auf Carpenters Schulter. Daraufhin beugt er sich nah zu ihm hin und sagt: „Wer weiß, vielleicht bin ich ja tatsächlich der bestialische Mörder, den die ganze Stadt sucht." Norton grinst dabei zynisch und nimmt genüsslich den irritierten Gesichtsausdruck des Mannes wahr.

„Merkwürdig, trotz des wunderschönen Wetters ist niemand hier unterwegs", wechselt Norton abrupt das Thema. „Das liegt wahrscheinlich daran, dass diese Bank an einem abgelegen Ort am Rande des Parks liegt", sagt Carpenter und lässt seinen Blick umher schweifen. „Zum Glück, kann ich da nur sagen."-„Wie bitte? Wie meinen Sie das?"

„Sie hätten sich lieber nicht zu mir auf die Bank setzten sollen, Mr. Carpenter, das meine ich damit." Während Norton diese Worte ausspricht zieht er langsam sein Skalpell aus der Tasche. Angst und Entsetzen zeichnet sich auf Carpenters Gesicht ab, als er dieses erblickt. Doch schnell gehen seine Gefühle in Zorn über und er macht Anstalten, Norton zuvor zu kommen: „Sie kranker Mistkerl! Zur Hölle sollen Sie fahren!"-„ Da nehme ich Sie gerne mit." Ein schneller, gezielter Messerstoß nach vorne setzt dem Leben von Carpenter ein jähes Ende. Der Körper des Mannes sackt in sich zusammen und sein Kopf kippt nach vorne. Edward Norton schaut unauffällig um sich, stellt den Kragen hoch, setzt seinen Zylinder auf und entfernt sich zügig.

*

„Wer hat die Leiche entdeckt?"-„Ein junges Liebespärchen, das diese abgelegene Parkbank gerne aufsucht, um alleine zu sein." Leslie Wood greift zu der Zeitung, die vor Carpenters Leiche auf dem Boden liegt. „Ah, sehen Sie mal, Baker! Das Opfer schien gerade den Leitartikel über den gesuchten Serienmörder zu lesen, als es seinem Mörder begegnete."-„Korrekt!", bestätigt Woods Kollege kurz und knapp. „Und jetzt schauen wir uns doch einmal die Einstichwunde des Mannes genauer an." Wood öffnet Mantel, Weste und Hemd des Opfers, dann betrachtet er den Oberkörper der Leiche. „Habe ich mir es doch gedacht. Eine schmale, feine Einstichstelle. Es wurde anscheinend wieder ein Skalpell verwendet." Wood zieht seine Lupe aus der Innentasche seines Mantels und betrachtet die Fußspuren um die Parkbank herum. „Baker!"-„Ja, Sir."-„Hier sind eindeutig die Fußspuren unseres unbekannten Täters zu sehen. Schuhgröße, Profil und ungleichmäßige Schrittart des linken Fußes stimmen überein"-„Aber das Opfer ist männlich. Das würde doch nicht zu seiner Zielgruppe passen. Sehe ich das richtig, Sir?"-„Ich glaube eher, dass der Täter ursprünglich nicht vorhatte das Opfer zu töten.-„Wie kommen Sie darauf, Sir?"-„Er wurde von seinem Opfer überrascht. Ich vermute, dass dieser sich zu ihm gesetzt hat und ihn beim Lesen des Leitartikels wahrscheinlich erkannt hat. Der Täter merkte das und wollte kein Risiko eingehen, also handelte er, indem er das Problem beseitigte. Anscheinend war niemand anderes in der Nähe, sonst hätte er es sicher nicht gewagt, den Mann zu töten." Robert Baker schaut einen Moment nachdenklich auf den Tatort. „Das scheint mir gar nicht so abwegig zu sein. Nein, es ist klingt sogar sehr einleuchtend, Sir."-„Ich bin davon überzeugt, dass es sich so abgespielt hat. Die Indizien weisen doch sehr stark darauf hin."

*

Steve Norton legt sein Besteck zur Seite, putzt sich langsam den Mund ab und schlürft in kleinen Zügen den heißen Tee in sich hinein. „Das Essen hat wieder einmal gut gemundet", denkt er sich. Steve ist ein schmaler Mann von großer Statur, etwa um die 50 und sein Gesicht strahlt viel Güte und Ruhe aus. Seine blauen Augen und die grauen Haare werden durch einen kräftigen Schnauzbart ergänzt. Alle seine Bewegungen wirken bedächtig und wohl überlegt. Nur ab und zu unterbricht ein kleines Zucken des linken Augenlides diese Harmonie und lässt vermuten, dass in der Seele des Mannes alles andere als Ausgeglichenheit vorherrscht.

Die große Standuhr des Esszimmers zeigt kurz nach 19 Uhr an, als Norton zur Tageszeitung greift. Nach wenigen Sekunden bleibt sein Blick auf einer Zeichnung hängen. Da geht ein kurzer Ruck durch den Körper des Mannes. Sein Gesicht verzieht sich. Der eben noch so entspannte Gesichtsausdruck zeigt auf einmal Entsetzen. Nortons Puls wird rasant schneller. Er steht von seinem Stuhl auf. Plötzlich brüllt er in einem Anfall von Verzweiflung in den Raum: „Nein, nicht du! Tu mir das bitte nicht an!" Mit zitternden Händen verweilt der außer sich geratene Mann eine Weile vor dem Esstisch stehend. Schließlich lässt Norton sich zurück in seinen Stuhl fallen. Mit hängenden Schultern und eingeknicktem Oberkörper verharrt er so mehrere Minuten lang mit geschlossenen Augen. Wäre jemand in diesem Augenblick in das Zimmer eingetreten, hätte er meinen können, dass der Mann eingeschlafen sei.

Der tiefe Ton der Esszimmeruhr holt Steve Norton in die Wirklichkeit zurück. Kaum ist der achte Schlag zur vollen Stunde verklungen, hebt der verzweifelte Mann seinen Kopf, greift schließlich zur Zeitung, die vor ihm auf dem Tisch liegt und steht auf. Sein Gesicht drückt Enttäuschung und Zorn aus. Wenige Minuten später sitzt der besorgte Mann in einer Droschke. Vor dem Wohnhaus seines Bruders angekommen steigt Norton aus und schaut zur ersten Etage hinauf. Die Wohnstube seines Bruders ist erleuchtet. Für einen Augenblick glaubt Norton, einen großer Schatten hinter der Gardine zu erkennen. Er betritt das Haus. Im ersten Stock angekommen zieht er an der Türglocke. Einige Sekunden später hört er die ungleichen Schritte seines hinkenden Bruders herannahen. „Wer ist da, bitte?", ertönt eine tief grollende Stimme hinter der Tür. „Ich bin es, Edward! Dein Bruder Steve." Langsam öffnet sich die schwere Tür und es erscheint das düstere Gesicht Edward Nortons. „Was führt dich zu mir, Steve?"-„Ich muss dich unbedingt sprechen, Edward. Darf ich hereinkommen?" Für einen Moment befällt Steve Norton das Gefühl, dass sein Bruder seinen Besuch bereits erwartet hat. „Ja, natürlich. Komm schon herein!" Die beiden Brüder gehen in die Wohnstube. „Leg deine Sachen ab und setz dich zu mir." Steve nimmt in einem Sessel am Kamin Platz und genießt für einen Augenblick die trockene Wärme, die vom Kamin seitlich auf sein blasses, blutleeres Gesicht strahlt. „Kann ich dir einen Whiskey anbieten?", unterbricht Edward die kurze Stille. „Nein, danke. Du weißt doch, ich trinke keinen Alkohol mehr."-„Also, was liegt dir auf dem Herzen, Steve?", fragt Edward und wirft dabei einen misstrauischen Blick auf die Zeitung, die sein Bruder in der Hand hält.

„Hast du schon von den zwei Prostituierten gehört, die vorgestern Nacht in Whitechapel ermordet worden sind?" Dem prüfenden Blick seines Bruders ausweichend erwidert Edward beiläufig: „Ich habe davon gehört, einfach schrecklich, aber das wird doch nicht der Grund sein, weshalb du mich heute Abend aufgesucht hast, oder?" Durch den gelassenen und geradezu desinteressiert wirkenden Tonfall seines Bruders provoziert, antwortet Steve Norton nun mit deutlich lauterer Stimme: „In gewisser Weise schon, Edward."

Von einem Moment auf den anderen dreht sich der Kopf seines Bruders mit fragendem Blick zu ihm hin: „Wie soll ich das verstehen, Steve?" Steve Norton bemerkt ein leichtes Zucken im Gesicht seines Bruders und setzt nach: „Hast du die Titelseite der Times heute schon gelesen?"-„Nein, heute kam ich noch nicht dazu. Wieso?"-„Dann solltest du dir das hier einmal ansehen." Norton reicht seinem Bruder die Zeitungsseite mit der Phantomzeichnung des Täters und beobachtet ihn dabei äußerst aufmerksam.

Kaum hat dieser das Bild erblickt, hält er für einen kurzen Augenblick den Atem an und es scheint, als ob ein Schrecken durch seinen Körper fahren würde, den er aber geschickt zu unterdrücken weiß. „Könnte mich nicht erinnern, dieses Gesicht jemals zuvor gesehen zu haben." Edward Norton reicht erneut mit gespielter Gelassenheit seinem Bruder die Titelseite zurück. „Ich schon und du gewiss auch, Edward, außer du hast noch nie in den Spiegel geschaut", brüllt Steve mit erregter Stimme.

Mit einer abrupten Kopfbewegung dreht sich Edward seinem Bruder zu. Seine Augen weit aufgerissen richtet er seinen Oberkörper auf und schreit mit zorniger Stimme: „Was fällt dir eigentlich ein, Steve?", dabei schwillt seine Ader an der linken Schläfe bedrohlich an. Steve Norton befällt blitzartig das beklemmende Gefühl, dass sein Bruder ihm gerade am liebsten an den Hals springen möchte. „Glaubst du etwa, ich habe vergessen, was unsere Mutter dir in deiner Kindheit angetan hat? Glaubst du wirklich, ich würde so etwas vergessen, Edward?"-„Was weiß ich denn? Du hattest auf alle Fälle nie den Mut einmal dazwischen zu gehen, obwohl du der Ältere von uns beiden bist, du elender Feigling! Ich weiß auch, dass du des Öfteren im Hintergrund gestanden hast und Zeuge dieser Untaten gewesen bist. Ja, jetzt schaust du, was! Das habe ich nämlich nicht vergessen mein lieber Bruder!"-„Was hätte ich den deiner Meinung nach tun sollen? Wenn ich dazwischen gegangen wäre, hätte es mich mit größter Wahrscheinlichkeit auch erwischt und wenn ich Vater alles erzählt hätte, dann…"-„ Und - was wäre dann gewesen?"-„Mutter hätte dann ihre Wut noch mehr an dir und mir ausgelassen. Wer weiß, vielleicht hätte sie dich dann so dermaßen verprügelt, dass du für dein restliches Leben ein Krüppel gewesen wärst. Verstehst du was ich meine, Edward?"-„Schau mich doch an, Steve! Ein seelischer Krüppel bin ich in der Tat geworden. Kannst du dir eigentlich vorstellen, was für seelische Qualen ich die ganzen Jahre hindurch erleiden musste? Wie oft wache ich mitten in der Nacht schweißgebadet auf und…"-„Das gibt dir aber noch lange nicht das Recht, andere unschuldige Menschen zu töten, Edward!"-„Unschuldig! Ach, dass ich nicht lache. Einige der Frauen haben während der Schwangerschaft ihre Kinder auf abscheulichste Art spät abgetrieben und sind dadurch selbst zu Mörderinnen geworden. Andere haben sie verwahrlosen lassen, sie im Suff geschlagen, misshandelt und sind hart gegen sie angegangen und das nicht nur körperlich. Man kann einen Menschen auch seelisch töten, Steve! Weißt du das?"

„Woher willst du denn so genau wissen, dass alle diese Frauen, die du getötet hast, dies auch wirklich getan haben?"- „Weil ich es von ihnen gehört oder mit eigenen Augen gesehen habe!" Mit diesen Worten hält Edward Norton inne, erhebt sich von seinem Sessel und schreitet langsam zum Fenster. Den Rücken zu seinem Bruder gewandt, setzt er nach einer kurzen Weile schließlich mit leisem Ton nach: „Geh jetzt bitte, Steve! Lass mich einfach in Ruhe! Ich habe das Gefühl, dass meine Tage nun gezählt sind. Ehrlich gesagt hätte ich nichts dagegen, wenn es bald vorbei wäre mit mir. Eigentlich sehne ich mich geradezu danach. Ich sehe keinen Sinn mehr darin, noch länger in solch einer verruchten und gottlosen Welt weiterzuleben. Kannst du das nachvollziehen, Steve?"-„Vergiss nicht, dass du Arzt bist, Edward und es ist deine Pflicht, anderen Menschen zu helfen und nicht sie zu töten! Darauf hast du einen Eid abgelegt. Bist du dir dessen bewusst?"-„Ich wäre froh, ich könnte mir selbst helfen, Steve, aber jetzt ist es zu spät. Der Teufel ist im Besitz meiner Seele."- „Dann treib diesen Satan schnellst möglich wieder aus dir heraus, bevor noch weitere Menschen sterben müssen! Stell dich der Polizei, sonst muss ich es tun und das würde mir das Herz brechen. Gute Nacht, Edward!"

Kaum ist die Wohnungstür in das Schloss gefallen, erhebt sich Edward Norton und geht zum Fenster der Wohnstube. Noch hört er die polternden Schritte seines Bruders auf der Haustreppe. Einige Sekunden später tritt dieser aus dem Haus, überquert die Straße und steuert auf eine freie Droschke zu. Kurz danach setzt sich das Gefährt in Bewegung. Mit zornigem Blick, der nach und nach ängstliche Züge annimmt, schaut Edward der abfahrenden Droschke nach.

*

Nachdenklich geht Leslie Wood die steile Treppe zu seiner Wohnung in der Oxford Street hinauf. Etwas ungeduldig öffnet er die Wohnungstür, dann legt er zügig Zylinder und Mantel ab und geht in die Wohnstube. Er zündet die beiden Öllampen an, legt zwei neue Holzscheite auf, greift nach etwas Zunderholz und wenige Minuten später lodert im Kamin ein prächtiges Feuer. Der Inspektor lehnt sich in seinem Ledersessel zurück. Er geht in Gedanken Schritt für Schritt den außergewöhnlichen Fall durch. Wood erinnert sich, London wurde vor einigen Jahren durch die grausamen Gräueltaten eines gewissen Jack the Ripper in Schrecken versetzt. Vergleicht man diesen zurückliegenden Fall mit den Taten des gegenwärtig wütenden Serienmörders, ist eine Ähnlichkeit nicht zu übersehen. Im Unterschied zu Jack the Ripper, der seine Opfer völlig aufschlitzte und nur Prostituierte aus dem Armenviertel von Whitechapel als Opfer aussuchte, scheint sich der momentan gesuchte Mörder auch auf Frauen aus anderen Gesellschaftsschichten zu konzentrieren. Dass er ein Ritualmörder zu sein scheint steht außer Frage.

Wood zieht seine kleine Tabakdose aus seiner Weste, öffnet sie und legt behutsam etwas Schnupftabak auf seinen linken Handrücken. Mit einem kurzen, kräftigen Zug schnieft er ihn in seine schmale, langgezogene Nase hinein. Mit einem leisen Stöhnen lehnt er sich wieder zurück und starrt in das Kaminfeuer. „Warum bedeckt der Täter Gesicht und Oberkörper seiner Opfer mit einem schwarzen Mantel? Warum?", fragt sich Wood immer wieder in seinen Gedanken. So sehr er sich in der folgenden Stunde auch anzustrengen vermag, er kommt einfach zu keinem Ergebnis. „Warte nur, du Satan! Ich werde dich zur Strecke bringen, und wenn ich dich durch ganz England jagen muss." Mit diesem Gedanken erhebt er sich aus seinem Sessel und löscht das Feuer.

*

Kate Turner schließt die Arztpraxis ab, dann geht sie eilig in Richtung Innenstadt. Die Arzthelferin arbeitet seit vielen Jahren in Dr. Nortons Praxis. Sie weiß ihren Chef sehr zu schätzen. Die junge Frau hat ihn als einen sehr freundlichen, einfühlsamen Menschen kennengelernt, der immer ein offenes Ohr für die Anliegen seiner Mitarbeiter hat. Als Kate an einem Zeitungsstand vorbeigeht, fällt ihr die Überschrift einer Titelseite auf: Jack the Ripper is back! Unter dem Titel des Leitartikels ist ein Phantombild des gesuchten Täters zu sehen. Instinktiv greift sie sich eine Zeitung. Noch während sie dem Verkäufer das passende Kleingeld in die Hand gibt und eilig weitergeht, fängt sie an, das Phantombild des Täters genauer zu betrachten. Allmählich werden die Schritte der Frau immer langsamer, bis sie schließlich stehenbleibt, um den Text des Artikels zu lesen: …die Spurensicherung hat ergeben, dass der Täter offensichtlich einen Gehfehler hat und auf dem linken Bein leicht hinkt. Dank einer detaillierten Täterbeschreibung konnte eine Phantomzeichnung angefertigt werden, die…. „Das ist doch!", bricht es plötzlich aus ihr heraus. Einen Moment lang verharrt sie auf der Stelle. „Aber einen schwarzen Vollbart und dunkles Haar? Nein, das kann nicht sein", denkt sie. Als ob sie ihren Verdacht verworfen hätte, geht sie schließlich weiter.

*

James Clayton legt den Pinsel zur Seite, wirft einen kritischen Blick auf die Leinwand und legt die Stirn in Falten, dann geht er zu seinem Sofa, um eine kleine Ruhepause einzulegen. Gerade als er sich nach hinten in die Polster fallen lassen will, schweift sein Blick über die Titelseite der noch ungelesenen Tageszeitung, die vor ihm auf dem Tisch liegt. Der Kopf eines finster dreinblickenden Mannes ist dort abgebildet. „Woher kenne ich dieses Gesicht nur?", schießt es ihm durch den Kopf.

Clayton lässt sich auf das Sofa gleiten, dann greift er mit beiden Händen an seine Schläfen, als ob er seine Gedanken dadurch beschleunigen könnte. Dabei verzieht sich das Gesicht des jungen Mannes allmählich zu einer Grimasse. Plötzlich springt er vom Sofa auf, rennt zum Fenster neben seinem Arbeitstisch und starrt auf die Straße hinunter. „Das ist er! Es ist diese seltsame, untersetzte Gestalt, die neulich in der Nacht hier eilig die Straße hinunterging. Er war es. Ich könnte darauf schwören…"

Durch den hellen Ton der Türglocke wird Clayton in seinen Gedanken unterbrochen. Als James die Wohnungstür öffnet, empfängt ihn Sarah mit einem breiten Lächeln auf dem Gesicht. „Na, überrascht, James?"-„Äh, mit deinem Besuch habe ich zu dieser Zeit ehrlich gesagt überhaupt nicht mehr gerechnet. Aber komm doch bitte herein. Was führt dich zu mir?" Sarah eilt an ihm vorbei in das Wohnzimmer und dreht sich ein paar Mal um die eigene Achse. „Wir hatten doch neulich im Teehaus darüber gesprochen, dass es keine schlechte Idee wäre, wenn du zur Abwechslung einmal ein Porträt malen würdest, nicht wahr?"-„Ja, stimmt und warum erwähnst du das jetzt?"-„Ich hatte heute Mittag eine Idee. Was hältst du davon, wenn du mich mit diesem neuen Kleid porträtieren würdest. Einen Versuch wäre es doch wert, oder?" James bemerkt sofort den fordernden Blick des jungen Mädchens. „Nun, das Kleid sieht wirklich entzückend aus, aber…"-„Aber…?" James räuspert sich verlegen. „Ich weiß nicht so genau." Er betrachtet Sarah ein paar Sekunden lang, dann beginnt er zögernd zu sprechen: „In Ordnung! Ein Versuch ist es anscheinend wirklich wert, wie du schon sagtest. Komm, setz dich doch! Ich wollte sowieso gerade meinen 5 Uhr Tee vorbereiten."-„Oh, da sage ich natürlich nicht nein. Du siehst irgendwie angespannt und müde aus. Ist irgendetwas?"-„Ich erzähle dir gleich alles, wenn ich den Tee zubereitet habe. Einen kleinen Moment - nimm bitte Platz! Ich bin gleich wieder zurück."

Sarah lässt sich gut gelaunt auf dem Sofa nieder und schaut sich in dem Zimmer um. Zuerst bleibt ihr Blick an dem neuen Bild von James hängen. „Eine englische Moorlandschaft malst du? Das Bild wirkt ganz schön düster."-„Das haben Moorlandschaften nun mal so an sich, Miss Miller", ertönt es belehrend aus der Küche. Gerade will sich die junge Frau vom Sofa erheben, um an das Fenster zu gehen, da entdeckt sie die Titelseite der Times auf dem Tisch. „Jetzt wissen wir auch, wie der Mörder von Whitechapel aussieht. Irgendwie hat der Typ geradezu dämonische Gesichtszüge. Meinst du nicht auch?"-„Die hat er in der Tat. Zumindest konnte ich das vorgestern genau erkennen."

Sarah dreht sich überrascht herum und sieht dort James mit einer Kanne in der Hand neben dem Sofatisch stehen. „Hast du mich vielleicht erschreckt. Ich habe dich gar nicht kommen hören."-„Du wärst ein leichtes Opfer für den Frauenmörder."-„Lass das! Das ist nichts worüber man scherzt, James! Denk lieber einmal an die armen Frauen, die ihm zum Opfer gefallen sind. Was hast du eben gesagt? Du hast den Mörder gesehen."-„Nun, er lief neulich spät abends hier unten am Haus vorbei. Seine Bewegungen waren hastig, so als ob er es sehr eilig hätte. Er drehte sich auch öfters herum. Vielleicht hatte er Angst, dass er verfolgt wird, wer weiß? Auffällig war außerdem, dass er auf dem linken Bein leicht hinkte und seine Gesichtszüge gleichen dem Männergesicht in der Zeitung wirklich sehr." Sarah reißt die Augen auf. „Nein, das ist nicht wahr. Das solltest du aber unverzüglich der Polizei melden, James." Claytons Kopf dreht sich hektisch zu Sarah hin. „Nein, nicht so voreilig. Ich warte erst einmal ab, ob der Mann erneut spät abends hier am Haus vorbei läuft. Vielleicht habe ich mich ja auch geirrt. Ich möchte keinen falschen Alarm bei der Polizei auslösen. Das wäre mir äußerst peinlich."-„Aber wenn er es doch sein sollte, ist Eile geboten, James. In der Zwischenzeit könnte er weitere Frauen ermorden. Verstehst du was ich meine?"-„Ja, aber ich warte dennoch ab."-„Gut, du warst schon immer ein Sturkopf und wirst es immer bleiben. John möchte sich übrigens übermorgen mit uns Treffen. Er will noch einen Freund mitbringen. Hast du Zeit?"-„Natürlich! Für meine Freunde habe ich immer Zeit. Am gleichen Ort und zur gleichen Zeit wie immer?"-„Ja, sei zur Abwechslung bitte einmal pünktlich. Ist das machbar?"-„Ich werde mir alle Mühe geben, Miss Miller."

*

36

Inspektor Wood greift sich an seinen verspannten Nacken und macht Anstalten von seinem Bürostuhl aufzustehen, als es an der Tür klopft. „Kommen Sie herein!" Hektisch wird die Tür des kleinen Büros aufgerissen. Robert Baker tritt mit wichtiger Miene in das Zimmer. „Nun, gibt es Neuigkeiten, Baker?"-„Kann man wohl sagen. Heute Morgen kam ein gewisser Jack Steward in mein Büro und teilte mir mit, dass er seine Freundin seit gestern Nacht vermisst. Sie werden es kaum glauben, aber die Beschreibung der Vermissten…"-„Passt genau auf das dritte Opfer unseres unbekannten Serienmörders oder genauer gesagt Frauenmörders, was nach drei Frauenleichen mit größter Wahrscheinlichkeit der Fall zu sein scheint", ergänzt Wood seinen Kollegen und betrachtet mit gespielter Gleichgültigkeit die Fingernägel seiner linken Hand. Baker schaut sichtlich überrascht in das Gesicht seines Vorgesetzten und fährt fort: „Dieser Steward lebt in Whitechapel, Brick Lane 14 und der Name seiner Freundin lautet Su, geborene Chin."-„Welcher Tätigkeit geht denn der Mann nach, Baker?"-„Nun, ich habe einmal nachgeschaut, Sir. Es ist kein Gewerbe auf seinem Namen eingetragen. Gemeldet ist er allerdings schon, nämlich unter der von mir gerade genannten Adresse." Inspektor Wood schaut für einen Moment nachdenklich aus dem Fenster. „Wer weiß, womit er sein Geld verdient. Lassen sie den Mann observieren. Vielleicht führt er uns ja auf eine interessante Spur."-„Wird erledigt, Sir. Wenn Sie mich jetzt entschuldigen würden…"-„Geht schon klar", fällt Wood seinem nervösen Kollegen in das Wort. „Und sein Sie doch bitte so nett und schicken Miss Carter zu mir hinein."

*

„Wie kann ich Ihnen helfen, Miss…?"-„Trower - Elisabeth Trower, Sir."-„Gut, Miss Trower. Das ist Ihr Sohn, nehme ich an?"-„Ja, Sir. Er leidet seit Wochen unter einem starken Reizhusten, der einfach nicht aufhören will." Edward Norton schaut aufmerksam in das blasse, mit Sommersprossen übersäte Gesicht des Jungen gegenüber. Er macht einen ängstlichen Eindruck auf ihn. „Setz dich gerade hin und sag dem Doktor guten Tag! Nun mach schon,

George!" Kaum ertönt die scharfe, keifende Stimme der Mutter, vernimmt Norton einen Ruck, der durch den schmalen, zerbrechlichen Körper des Jungen fährt. Darauf folgt unmittelbar ein Hustenanfall, der sich zu einem Krampfhusten steigert. Während George mit aller Macht versucht, den Husten in den Griff zu bekommen, beginnen seine Augen zu tränen und laufen rot an. Da ertönt von der Seite wie ein Peitschenhieb erneut die herrschsüchtige Stimme seiner Mutter: „Reiß dich zusammen, du Bastard! Hast du nicht gehört, was ich dir gesagt habe?" Kaum hat Norton das Wort Bastard vernommen, eilt sein Blick schnell zu der zur Furie verwandelten Mutter seines jungen Patienten zurück. Der gerade zuvor noch entspannte und geradezu gütige Gesichtsausdruck Nortons nimmt für einen kurzen Moment ernste Züge an. „Dann werde ich einmal die Lunge Ihres Sohnes abhören", dabei wendet er erneut seinen Kopf zu dem Jungen hin, der es anscheinend gerade geschafft hat, dem Husten mächtig zu werden. Ein Gefühl von Mitleid schwingt in seiner Stimme mit, als er den Jungen auffordert, seinen Oberkörper frei zu machen. Durch die Worte seiner resoluten Mutter verängstigt, versucht der sensible Junge sein Hemd aufzuknöpfen, doch schon spürt er den bösen Blick seiner Mutter neben ihm und seine Hände fangen unweigerlich an zu zittern. „Was machst du da? Das kann man ja nicht mit ansehen, du elender Trottel!" Blitzschnell fährt die Hand der Frau nach vorne und schlägt fest auf den Hinterkopf des Jungen. Sein Kopf fliegt nach vorne, dabei reißt er vor Schreck die Augen noch weiter auf. Schon macht seine jähzornige Mutter Anstalten, ihrem Sohn das Hemd vom Körper zu zerren. Edward Norton atmet tief durch, und bemüht sich nicht die Fassung zu verlieren. Noch während er den Jungen abhört und in dessen Rachen schaut, erklingt schon wieder die ungeduldige Stimme von Miss Trower neben ihm: „Hat George vielleicht einen Keuchhusten oder gar ein Lungenleiden, Sir? Mein Gott, das wäre schrecklich!"

Norton beendet die Untersuchung und setzt sich zurück an seinen Schreibtisch. „Nein, ich glaube nicht, dass der Husten Ihres Sohnes physischen Ursprungs ist, Miss Trower."-„Wie bitte? Woher soll er denn sonst herrühren, wenn ich fragen darf?" Der Gesichtsausdruck der biestigen Frau verwandelt sich auf einmal, während sie spricht.

Er nimmt misstrauische Züge an. „Nun, Lungen und Bronchien weisen keine Auffälligkeiten auf. Ebenso liegt kein Infekt vor. Ich glaube vielmehr, dass die Symptome psychischen Ursprungs sind", während Norton diese Worte ausspricht, setzt er seine Brille ab und schaut mit seinen tiefliegenden, düsteren Augen drohend in Richtung der erstaunten Frau. „Könnte ich bitte erfahren, wie Sie darauf kommen, Sir?"-„Ich möchte Ihnen ja nicht zu nahe treten, aber es hat den Anschein, als ob Ihr Sohn eine schreckliche Angst vor Ihnen hat, Miss Trower." Norton beobachtet mit einer gewissen Genugtuung, wie sich der Mund der Frau langsam öffnet, sie ihre Augen empört aufreißt und hysterisch nach Luft schnappt. „Mit Ihrer keifenden Stimme und herrschsüchtigen Art müssen Sie auf Ihren Sohn wie ein feuerspeiender Drachen wirken. Merken Sie denn nicht, dass er zu zittern anfängt und zusammenfährt, wenn Sie ihn dermaßen anherrschen? Sind Sie sich eigentlich bewusst, was Sie mit der Seele Ihres sensiblen Sohnes anstellen, indem Sie ihn so gnadenlos züchtigen? Ich möchte nicht wissen, wie oft er schon mit bösen Worten und Schlägen von Ihnen gedemütigt worden ist. So zerstört man die Seele eines Kindes, Sie Furie!"

Mit den letzten Worten hebt sich Nortons Stimme. Er springt von seinem Stuhl auf. Für einen Augenblick scheint es so, als ob er der Frau über den Tisch hinweg an den Hals springen möchte, doch im letzten Moment scheint er wieder die Kontrolle über sich zu erlangen. Elisabeth Trower schreckt zurück, setzt an, um dem Arzt heftig die Meinung zu sagen, doch sie bekommt kein Wort heraus.

Empört dreht sie sich zu ihrem Sohn herum, greift seine Hand und erwidert im Fortgehen: „Komm, George! So etwas ist mir in meinem ganzen Leben noch nicht vorgekommen. Eine Unverschämtheit! Das wird ein Nachspiel haben. Sie werden noch von mir hören, Mr. Norton!"-„Von mir werden Sie ebenfalls noch hören, darauf können Sie sich verlassen!", ruft Norton ihr nach und ein teuflisches Grinsen zieht dabei über sein Gesicht.

*

Es ist ein sonniger, frostiger Novembermorgen. Die ersten Sonnenstrahlen dringen durch die schon ziemlich gelichteten Baumkronen. Die starken Herbstwinde der letzten Wochen haben unübersehbar ihre Spuren hinterlassen. Eine Amsel fährt mit ihrem Schnabel durch das Gartenlaub, um Nahrung aufzustöbern. Die kalte Novemberluft zieht durch das Küchenfenster der alten Villa, die in einer ruhigen Seitenstraße des Londoner Westends liegt. Eine ältere Dame aus der Nachbarschaft führt auf der gegenüberliegenden Straßenseite ihren kleinen Hund aus. Es herrscht eine stimmungsvolle Ruhe, die in der Natur des erwachenden Tages liegt.

„George, hast du deine Tasche schon gepackt?"-„Ja, Mutter! Ich gehe jetzt."-„Zum Teufel noch mal! Solltest du nicht längst unterwegs sein? Kannst du nicht einmal pünktlich das Haus verlassen? Warte nur, das treib ich dir schon noch aus!"

Mit energischen Schritten eilt Elisabeth Trower auf den Flur hinaus und holt dabei weit mit ihrem rechten Arm aus, um dem Jungen einen kräftigen Schlag in den Nacken zu verpassen, doch der wendige Junge kann der drohenden Trachtprügel mit einer geschickten Bewegung ausweichen. Flink eilt er durch die Haustür nach draußen. Auf der Türschwelle stehend schreit seine Mutter ihm mit keifender Stimme nach: „Warte nur! Wenn du nach Hause kommst, kannst du dein blaues Wunder erleben!" Die Frau schlägt die Haustür zu, geht zurück in ihr Arbeitszimmer und fährt mit ihren knochigen Fingern fort, einen Seidenrock zusammenzunähen.

Es sind nur wenige Minuten vergangen, als sie plötzlich den schrillen Klang der Türglocke vernimmt. „Zu diese Zeit? Sehr merkwürdig", kaum hat sie den Gedanken beendet, öffnet sie schon die Haustür. „Guten Morgen, Miss Trower!"-„Dr. Norton? Aber…?"- „Ich hatte Ihnen ja versprochen, dass wir uns sehr bald wiedersehen würden." Als hätte es ihr die Sprache verschlagen, schaut die Frau ein paar Sekunden lang sprachlos auf den unerwarteten Besucher, doch dann fängt sie sich wieder: „Ich muss mich für die grobe Verabschiedung neulich bei Ihnen in der Praxis vielmals entschuldigen, Sir." Mit aufgesetzter Freundlichkeit fügt sie noch nach: „Ich glaube, dass ich einfach überreagiert habe."-„Oh, nein, Miss Trower! Wenn hier jemand überreagiert hat, dann doch wohl eher ich. Es war sehr anmaßend von mir, dass ich mich in Ihre Familienangelegenheiten so dermaßen taktlos eingemischt habe und Sie zum Schluss auch noch eine Furie nannte. Das steht mir nun wirklich nicht zu. Ich muss mich dafür vielmals entschuldigen."

Kaum hat Norton diese Worte ausgesprochen, glaubt er einen Ausdruck von Erleichterung auf dem Gesicht von Elisabeth Trower erkennen zu können, die seinen übertriebenen jovialen Unterton anscheinend nicht bemerkt hat. „Kommen Sie doch bitte für einen Moment herein, Dr. Norton! Ich würde mich sehr geehrt fühlen." Für einen kurzen Moment kann man ein Blitzen in den Augen des unverhofften Besuchers aufleuchten sehen. „Da sage ich natürlich nicht nein, Miss Trower, aber ich kann allerdings nur kurz verweilen. Ich habe noch einen wichtigen Termin heute Vormittag."

„Ja, natürlich, Sir. Machen Sie sich wegen mir nur ja keine Umstände. Wenn Sie mir nun bitte folgen möchten." Der Doktor folgt ihr in die Wohnstube. Während sie ihm den Rücken zuwendet, schaut Norton sich mit vorsichtigen Blicken in der Wohnung um. „Setzen Sie sich doch bitte, Sir." Norton nimmt auf einem bequemen Sessel Platz und schaut in den parkähnlichen Garten der Villa hinaus. „Man hat einen wirklich schönen Ausblick von hier. Gehe ich richtig der Annahme, dass dies der Lieblingsplatz Ihres Mannes ist, Miss Trower?" Norton schaut lauernd in das Gesicht der Frau, die, von der Frage anscheinend sichtlich überrascht, sofort aus dem Fenster hinausblickt. „Ja, Sie haben richtig vermutet, Sir. Jedoch ist mein Mann leider vor zwei Jahren verstorben."-„Oh, das tut mir Leid. Darf ich fragen, wie es dazu kam?"-„Es war…wie soll ich sagen…?"-„Lassen sie mich raten, er hat sich unter mysteriösen Umständen das Leben genommen, richtig?" Mit einem energischen Ruck dreht Elisabeth Trower ihren Kopf zu Norton hin. Ihr Gesicht wirkt erstarrt und zugleich erschrocken. „Ja, aber woher wissen Sie…?" Norton unterbricht die Frau, bevor sie den Satz beenden kann. „Rein intuitiv! Ich hatte einfach so eine Eingebung. Fragen Sie mich aber bitte nicht, wie ich darauf gekommen bin. Ich besitze diese Gabe der Vorahnung schon seit meiner frühen Jugend."

„Dass Sie ein guter Arzt sind, mag ich bestätigen, aber dass Sie darüber hinaus auch noch hellseherische Fähigkeiten besitzen, erstaunt mich doch sehr. Darf ich Ihnen etwas anbieten, Sir? Möchten sie vielleicht etwas trinken?" Kaum ist das letzte Wort ihrer Frage verklungen, springt Norton von seinem Sessel empor. „Nein, vielen Dank, Miss Trower! Ich glaube, jetzt ist der richtige Zeitpunkt gekommen, dass ich mich von Ihnen verabschiede und zwar für immer. Miss Trowers Gesichtsausdruck wandelt sich auf einmal abrupt. „Wieso für immer, Sir?", fragt sie sichtlich irritiert."- „Weil Sie es verdient haben!", und während Norton diese kurze Antwort gibt, verdunkelt sich sein Gesichtsausdruck zu einer dämonischen Fratze. Seine rechte Hand schießt blitzschnell aus seiner Westentasche hervor. Ehe Elisabeth Trower die Situation erfassen kann, stößt Norton zu. Die Frau hat keine Chance auszuweichen. Die lange Klinge seines Skalpells dringt schnell in den Körper der Frau ein und landet genau dort, wo sie hin soll - mitten im Herz seines Opfers.

*

Es ist kurz nach ein Uhr mittags, als George Trower die Winsley Street hinuntergeht. Er ist gerade noch hundert Meter von dem Garten seines Elternhauses entfernt, da verlangsamt er plötzlich seine Schritte. Der Grund hierfür ist eine Droschke, die vor dem Haus steht, da sieht er, dass zwei Polizisten am Hauseingang stehen. In Sekundenbruchteilen hat der schmächtige Junge die Situation erfasst. Etwas Schlimmes muss vorgefallen sein. Ist mit Mutter irgendetwas passiert oder vielleicht mit Margret ihrer Haushälterin? Die Gedanken überschlagen sich im Kopf des Kindes. Langsam werden seine Schritte wieder schneller, bis er schließlich zu rennen anfängt. Wenige Sekunden später eilt er durch das Gartentor und ist gerade dabei, durch die offene Haustür zu schlüpfen.

„Stopp! Wohin des Weges, junger Mann?", hört George die tiefe Stimme des älteren Polizisten rechts neben dem Hauseingang brummen, der sich ihm flink in den Weg stellt. „Lassen Sie mich durch! Ich will zu meiner Mutter!", bricht es empört aus dem Jungen heraus. „Gut, dann komm mal mit mir mit!" Schon hat der

Polizist ihn am rechten Arm gepackt und führt ihn in die Wohnstube seines Elternhauses. „Sir, diesen Jungen hier habe ich eben vor der Haustür aufgegriffen. Er sagt, dass er seine Mutter sprechen möchte."

Inspektor Wood dreht sich zur Seite und schaut in das Gesicht des aufgeregten Jungen. „Hallo George! Das ist doch dein Name, oder?"-„Ja, Sir!"-„Miss Garfield, ist das der Sohn von Miss Trower?"-„Ja, Sir, er ist es." Die Frau schaut ängstlich in Richtung des Jungen, der aufgeregt und außer Atem zu den beiden hinüberschaut. Zögernd beginnt sie zu sprechen: „George, es ist…" Weiter kommt sie nicht, da George ihr sofort ins Wort fällt: „Was ist mit Mutter? Ist ihr etwas zugestoßen?"-„Sie wurde umgebracht, hier in diesem Zimmer." Während der Inspektor seinen Satz beendet, kommt es ihm vor, als ob für einen kurzen Moment ein Zug von Erleichterung über das Gesicht des Kindes huscht. Doch schnell verzerrt sich die Mimik des Jungen. Er beginnt zu heulen. „Es ist schon schlimm genug, dass George seinen Vater so früh verloren hat und jetzt auch noch die Mutter, es ist eine Tragödie, Sir." Der Inspektor wendet sich in einem leisen, verhaltenen Ton der Haushälterin zu: „Ich glaube, es wäre jetzt angebracht, dass Sie sich erst einmal um George kümmern, Miss Garfield. Ich werde mir in der Zwischenzeit den Garten näher ansehen. Vielleicht lassen sich dort noch einige Hinweise zum Tatvorgang finden."

Wood schreitet mit schnellen Schritten zum Hauseingang und geht an den beiden Polizisten vorbei in den Garten der Villa. Auf dem Bürgersteig vor dem Gartentor entdeckt er Baker, wie er in geduckter Haltung am Grundstücksrand neben einem großen Busch den Boden näher betrachtet. „Na, Baker, schon fündig geworden?"-„Allerdings, Sir. Schauen Sie sich doch einmal die beiden Fußabdrücke hier links vor dem großen Busch an. Kommt Ihnen das Profil sowie die Größe nicht irgendwie bekannt vor?"-„Ich muss Ihnen ausnahmsweise einmal zustimmen, Baker. Der Größe des Abdrucks nach stand hier mit größter Sicherheit ein Mann. Da es gestern noch stark geregnet hat, kann der Abdruck nicht allzu alt sein. Schauen wir doch mal nach, ob die Person auch im Garten gewesen ist."

Mit konzentriertem Blick auf den Rasen betritt der Inspektor das Grundstück. „Ah, was haben wir denn da? Baker, schauen Sie sich das an. Fällt Ihnen etwas auf?"-„Das ist doch die gleiche Fußspur wie dort vorne am Busch des Grundstückrandes."-„Exakt! Und was fällt Ihnen noch auf?". Wood schaut mit aufforderndem Blick in Richtung seines Kollegen. „Eigentlich nichts, Sir. Sehen Sie etwa etwas Auffälliges?"-„Allerdings! Der Abstand zwischen den Fußabdrücken weist eindeutig eine Unregelmäßigkeit auf."-„Jetzt wo Sie es sagen, sehe ich es auch. Verdammt! Das ist doch…"-„Na, haben Sie es also auch erkannt. Dieser Mann zieht den linken Fuß leicht nach."-„Aber es spricht allerdings etwas dagegen, dass es sich um unseren Mann handelt, Sir."-„Und das wäre?"-„Die Leiche war nicht mit einem schwarzen Mantel bedeckt."-„Das hat noch nichts zu sagen, Baker. Es könnte durchaus möglich sein, dass der Täter dieses Mal keine Zeit hatte, sich umzuziehen. Ich sage Ihnen, Baker, unser Mann hat erneut zugeschlagen. Wir müssen uns jetzt schleunigst beeilen, ihn zu überführen, sonst…", Wood hält mitten im Satz inne. „Ich glaube, ich sollte mich jetzt noch einmal gründlich mit Miss Garfield unterhalten. Wer weiß, vielleicht hatte der Täter Kontakt zur Familie Trower."

Als Wood in das Wohnzimmer der Villa zurückkehrt, sieht er, wie Miss Garfield den Kopf des Jungen zärtlich an ihren Busen presst und ihm dabei über den Kopf streichelt: „Ich weiß, es ist alles so schlimm, aber du kannst jetzt bei mir wohnen." Kaum hat die Haushälterin entdeckt, dass der Inspektor das Zimmer betreten hat, schreckt sie auf und löst sich schnell von dem Jungen. „Nein, nein! Lassen Sie sich nur nicht von mir stören. Der Junge benötigt jetzt vor allem Fürsorge. Kann ich Sie vorher trotzdem noch einmal kurz unter vier Augen sprechen?"-„Ja, natürlich, Sir. George, gehst du bitte für eine Weile hinauf auf dein Zimmer. Pack am besten schon einmal die wichtigsten Sachen zusammen, ich komme dann zu dir." Auf den Boden blickend dreht sich der Junge um, schaut verlegen in Richtung des Inspektors und eilt die Treppe hinauf.

„Ein wirklich netter Junge."-„Ja, das ist er, obwohl er sich ruhig bei Ihnen verabschieden könnte."-„Lassen Sie! Er ist noch geschockt und hat die letzte Zeit genug mitgemacht. Dafür habe ich durchaus

Verständnis. Sie haben anscheinend ein gutes Verhältnis zu George. Sehe ich das richtig?"-„Ja, wenn er Trost braucht, dann bin ich seine einzige Ansprechperson."-„Was ist denn der genaue Grund dafür? Ist es etwa der Tod seines Vaters, den er nicht überwinden kann?"-„Nun, er hatte kein gutes Verhältnis zu seiner Mutter, Sir. Genauer gesagt hatte er panische Angst vor ihr. Miss Trower war eine schwierige Person. Für Gefühle, Liebe und Zuneigung gab es in ihrem Herzen keinen Platz. Diese Frau war die Personifizierung eines Eisblocks. In ihrem Leben galt nur Disziplin und Arbeit etwas, was natürlich zu einer richtigen Erziehung dazugehört, aber George erhielt niemals auch nur eine Spur von Liebe oder Zuneigung von seiner Mutter, im Gegenteil – nur Schläge und Tadel. Dies allerdings regelmäßig, und zwar jeden Tag."

„Das ist in der Tat sehr schrecklich. Also habe ich vorhin doch richtig gesehen, als ich George die schlimme Botschaft vermittelte, dass seine Mutter tot ist."- Die Haushälterin zieht fragend die Stirn in Falten: „Was haben Sie denn gesehen, wenn ich fragen darf, Sir?" Der Inspektor schaut nachdenklich in das Gesicht der Haushälterin: „Nun, ich hatte für einen kurzen Moment den Eindruck, dass ein Hauch von Erleichterung über das Gesicht des Jungen glitt. Die Erkenntnis auf diese grausame Art nun auch den zweiten Elternteil verloren zu haben, und in Zukunft völlig alleine auf dieser Welt zu sein, hat diese allerdings sehr schnell verdrängt."-„Da könnten Sie durchaus richtig liegen, Sir."

„Hatte Miss Trower viele Freunde, wobei mich in erster Linie männliche Freunde interessieren würden?"-„Nein, Sir. Miss Trower lebte seit dem Selbstmord ihres Mannes sehr zurückgezogen. Ich glaube auch, dass sie deshalb sehr verbittert war."-„Sie war bestimmt nicht gerade beliebt bei ihren Mitmenschen, oder?" -„Das stimmt allerdings. Elisabeth war sehr bestimmend, herrschsüchtig, wollte immer alles unter ihrer Kontrolle haben und war darüber hinaus noch krankhaft eifersüchtig auf alles und jeden."-„Also beste Voraussetzungen, um sich in das soziale Abseits zu begeben."-„In der Tat, Sir. Miss Trower war eine sehr vermögende Frau, doch das hat ihr keineswegs geholfen, Freunde zu finden, zumindest keine echten Freunde."

Inspektor Wood schaut nachdenklich aus dem Fenster in den Garten der Villa hinaus: „Auf das Geld von Frau Trower hatte es der Täter mit größter Wahrscheinlichkeit also nicht abgesehen. Ich gehe eher davon aus, dass sie einem Serienmörder zum Opfer gefallen ist." Kaum hat der Inspektor diesen Satz ausgesprochen, reißt die Haushälterin überrascht die Augen auf: „Wie bitte? Sie meinen doch nicht etwa den Frauenmörder, von dem man in letzter Zeit des Öfteren in der Times lesen konnte?" Wood dreht langsam seinen Kopf zu Miss Garfield hin: „Ja, Miss Garfield, genau den meine ich."- „Das ist ja schrecklich! Aber warum denn gerade sie?"-„Das wüsste ich auch gerne, obwohl mir so langsam ein Verdacht aufkommt, doch um diesen zu festigen, benötigt es noch einiger Untersuchungen, die jetzt sehr schnell durchgeführt werden müssen. Es bleibt uns nicht mehr viel Zeit. Der Täter hat vielleicht schon wieder sein nächstes Opfer im Visier. Entschuldigen Sie mich jetzt bitte. Ich habe noch eine wichtige Angelegenheit zu erledigen", damit dreht sich der Inspektor herum und verschwindet in Richtung Haustür.

Wood steigt eilig in die Droschke vor der Villa, in der Baker schon auf ihn wartet. „Dann lassen Sie uns doch einmal dem Freund der ermordeten Su Chin einen Besuch abstatten."- „Unsere Observation des Mannes hat übrigens ergeben, dass er eine illegale Opiumhöhle in einem alten Lagerkeller der West Docks betreibt, Sir." Wood dreht hastig den Kopf zu Baker: „Sieh mal einer an, sehr interessant. Ich habe gerade gegenüber Miss Garfield schon angedeutet, dass ich bezüglich des Tatmotives eine Vermutung habe."-„Was haben Sie denn für eine Vermutung, wenn ich fragen darf?"-„Die möchte ich lieber noch eine Weile für mich behalten. Sobald ich mir sicher genug bin, dass meine Theorie stimmt, werde ich sie Ihnen mitteilen." Ein verschmitztes Lächeln wird auf dem Gesicht des Inspektors sichtbar, während er diese Worte ausspricht. „Fahren Sie bitte zur Brick Lane!"-„Wie Sie wünschen, Sir.". Schon setzt sich das Gefährt mit einem starken Ruck in Bewegung.

*

„Warum ist John eigentlich noch nicht da? Er ist doch sonst immer der Erste von uns allen. Es wird ihm doch wohl nichts passiert sein, ich mache mir ernsthaft Sorgen." Nachdenklich zieht James die Taschenuhr aus seiner Weste: „Das ist wirklich außergewöhnlich, aber möglicherweise wurde er aufgehalten, Sarah." Kaum hat James den Satz ausgesprochen, sieht er seinen Freund draußen auf die Drehtür des Teehauses zusteuern. „Schaut mal aus dem Fenster!"- „Was zieht der denn für ein Gesicht?", sagt Sarah erstaunt. Wenige Sekunden später schreitet John schweren Schrittes auf den Tisch seiner Freunde zu, gibt einen kaum wahrnehmbaren, kurzen Gruß von sich und setzt sich neben James. Dieser kann sich als erster überwinden, die peinliche Stille am Tisch zu unterbrechen: „Hey, John! Ist irgendetwas? Du siehst aus, als ob deine Großmutter gerade gestorben wäre." Der Angesprochene sieht langsam auf: „Meine Großmutter nicht, aber dafür meine Cousine." In Sekundenschnelle macht sich Entsetzen in den Gesichtern der Anwesenden breit. „Wie, bitte? Was ist denn passiert? Hatte sie einen Unfall oder war sie schwer krank? Erzähl!" John dreht den Kopf zu James: „ Nein, sie wurde in ihrem Haus tot aufgefunden. Man hat sie ermordet."

Erneut tritt Schweigen ein, doch dann durchfährt es James wie ein Blitz. Der unbekannte Serienmörder hat wieder zugeschlagen und nun ist sogar eine Verwandte seines besten Freundes zu seinem Opfer geworden. Clayton versucht seine Aufregung zu verbergen, doch Sarah scheint sich im gleichen Moment an ihr gestriges Gespräch zu erinnern. Sie stößt ihn unter dem Tisch an. James macht eine abweisende Handbewegung, dann legt er seinem Freund mitfühlend seine Hand auf die Schulter. „Das tut uns allen aufrichtig Leid, John."-„Danke, James", erwidert er knapp. John spürt die erwartungsvollen Blicke seiner Freunde, die auf ihn gerichtet sind. „Ich hatte kein gutes Verhältnis zu ihr. Sie war im Wesen einer Hexe sehr ähnlich. Leider muss ich das sagen, es entspricht nun einmal der Wahrheit. Was mir vielmehr Sorgen bereitet ist ihr kleiner Sohn George. Er hat vor einem Jahr erst seinen Vater verloren. Dessen gütige und liebe Art hatte ihm viel bedeutet. Das war schon ein schwerer Schock für ihn. Ja und jetzt ist auch noch seine Mutter unter so schrecklichen Umständen von ihm gegangen. Was soll nur aus dem Jungen werden?"-„Ich weiß, John. Du hast mir ja schon häufig von ihm erzählt. Ich hatte auch immer den Eindruck, dass du sehr an George hängst."-„Und er an mir. Ich kann ihm natürlich nicht seine Eltern ersetzen, dafür habe ich auch gar nicht die Zeit und die Mittel, aber zum Glück gibt es ja noch Miss Garfield, sie ist oder besser gesagt war die Haushälterin meiner Cousine Elisabeth. Sie ist eine herzensgute Frau, die schon seit über zehn Jahren bei den Trowers angestellt und sehr stark in deren Familienleben eingebunden war. Man kann ohne zu übertreiben sagen, dass sie für George eine zweite Mutter ist. Er hängt wirklich sehr an ihr. Ich gehe auch stark davon aus, dass sie den Jungen jetzt bei sich aufnehmen wird. So würde sie George vor der Aufnahme in eines der schrecklich heruntergekommenen Waisenhäuser Londons bewahren, woran mir ehrlich gesagt sehr viel liegen würde. Bei Miss Garfield wäre George ohne Bedenken gut aufgehoben. Zumindest so lange bis er auf eigenen Füßen stehen kann."

Sarah denkt einen Moment nach. Schließlich sagt sie zu John: „Wer sollte ein Interesse haben, deine Cousine zu töten?"-„Nun, Elisabeth war nicht gerade beliebt bei ihren Mitmenschen, doch Miss Garfield, die mich heute im Laufe des Tages sofort persönlich über diesen schrecklichen Vorfall benachrichtigt hat, ließ mich wissen, dass Scotland Yard davon ausgeht, dass es sich wahrscheinlich um den berüchtigten Serienmörder handelt, der momentan sein Unwesen im Osten der Stadt treibt. Sie haben Spuren im Garten der Villa meiner Cousine entdeckt, die darauf hinweisen. Am liebsten würde ich das kranke Schwein mit meinen eigenen Händen zur Strecke bringen, das könnt ihr mir wirklich glauben. Aber seid mir bitte nicht böse, ich möchte jetzt doch lieber wieder gehen. Ich wollte das einfach nur einmal loswerden."-„Ja, natürlich, John. Wenn du Hilfe brauchst, kannst du jederzeit zu mir kommen."-„Danke! Das weiß ich sehr zu schätzen, James. Dann macht es mal gut, Leute." Brighton steht auf und verlässt eilig das Teehaus. Als er den Bürgersteig betritt, schaut er noch einmal kurz zu seinen Freunden hinauf, die ihm mit nachdenklichen Gesichtern nachschauen, während er langsam in der Menge der Passanten verschwindet.

„Dort vorne müsste es sein. Halten Sie bitte vor dem roten Tor!" Die Droschke kommt vor einer heruntergekommenen Hausfront zum Stehen. „Jesus! Das macht nun wirklich nicht gerade den besten Eindruck hier."-„Wieso? Haben Sie etwa etwas Besseres in dieser Gegend erwartet, Baker?"-„Nein, natürlich nicht, aber man wird ja wohl noch seine Meinung kundtun dürfen, oder?"-„Ist ja schon gut. Beruhigen Sie sich wieder! Schauen Sie lieber, wo sich der Eingang zu Stewards Domizil befindet." Kaum sind die beiden Inspektoren aus der Droschke ausgestiegen, öffnet sich die Haustür vor ihnen und eine schäbige Männergestalt mit zerzaustem kurzen Haar und grauem Vollbart macht Anstalten, das Haus zu verlassen. Wood schaut Baker fragend an.

„Guten Tag, Mr. Steward! Ich glaube, wir hatten schon mal das Vergnügen, nicht wahr?" Überrascht hält der Mann gegenüber inne. Mit einem falschen, unterwürfigen Unterton setzt er zur Antwort an: „Ah, Inspektor Baker. Ich wollte gerade weg…"-„Darf ich Ihnen Inspektor Wood vorstellen? Er möchte Ihnen noch ein paar Fragen zum Mord an Ihrer Freundin stellen." Leslie Wood mustert Steward akribisch genau. Ihm entgeht dabei nicht, dass das aufgesetzte Lächeln für einen kurzen Augenblick aus dem Gesicht des Mannes verschwindet. „Freut mich, Sir! Kommen Sie doch bitte in meine Wohnung mit hinauf." Wood und Baker schauen sich beide kurz an, dann folgen sie Steward eine klapprige Treppe hinauf, die zu einer Dachwohnung führt.

Nachdem die nach einem neuen Anstrich schreiende Wohnungstür quietschend in das Schloss gefallen ist, führt Steward die beiden Beamten in seine Wohnküche. „Nehmen Sie ruhig Platz, meine Herren! Es ist alles ein wenig dürftig hier bei mir, aber…." Wood fällt dem Schotten sofort in das Wort: „Mr. Steward, mich würde interessieren, womit Sie ihren Lebensunterhalt verdienen?" Dem strengen Blick des Inspektors ausweichend, antwortet Steward etwas zögernd: „Nun, ich habe ein eigenes Geschäft."-„Was verkaufen Sie denn, wenn ich fragen darf?"-„Ich bin in der Genussmittelbranche tätig."-„So könnte man es in der Tat auch nennen, Mr. Steward!", unterbricht ihn Wood mit scharfen Ton und schaut auf die Reihe von leeren Whiskeyflaschen, die bei genauerem Hinsehen hinter dem Küchenvorhang am Ende des Raumes zu erkennen sind. Sehr schnell verschwindet das aufgesetzte Lächeln erneut aus Stewards Gesicht und macht einem lauernden Blick Platz. „Wie soll ich das bitte sehr verstehen, Sir?"- „Nun, unsere Observation hat ergeben, dass Sie im Osthafen der Stadt eine illegale Opiumhöhle betreiben. Wir könnten diese sofort schließen und Sie für sehr lange Zeit in das Gefängnis wandern lassen. Was halten Sie davon?" Wood schaut Steward herausfordernd an.

Für einen Moment erstarrt die Mimik des Schotten, dann verengen sich seine Augen zu schmalen Schlitzen, schließlich, als ob er einen Trumpf aus dem Ärmel ziehen würde, schiebt er seinen Kopf nach vorne. „Sie sollten wissen, Sir, dass einige bekannte Bürger Londons, übrigens auch der eine oder andere Beamte des Scotland Yard, regelmäßig bei mir verkehren." Siegesbewusst lehnt sich Steward mit einer geradezu dümmlich wirkenden Überlegenheit nach hinten und wartet gespannt auf die Antwort des Inspektors. „Da mögen Sie ja Recht haben, aber das würde uns trotzdem nicht daran hindern, unsere Drohung wahr zu machen. Ich vermute übrigens, dass der Mörder Ihrer Freundin in Ihrer Opiumhöhle verkehrt. Aus diesem Grund werden ich und mein Kollege dort die nächsten Abende vor Ort sein. Vielleicht können wir so dem Täter auf die Spur kommen, was ja auch in Ihrem Interesse sein sollte, oder?"

Der Angesprochene schaut betrübt auf den Boden und unterdrückt ein Seufzen. „Jetzt, wo Sie schon so viel wissen, hat es ja keinen Sinn mehr, es Ihnen zu verheimlichen. Su ging regelmäßig auf gewisse Sonderwünsche von einigen meiner Kunden ein." Wood hebt die Augenbrauen: „Welcher besonderen Art waren sie denn, wenn ich fragen darf?" Steward dreht den Kopf zum Küchenfenster, dann fängt er an zu reden: „Diese Kunden empfanden es reizvoll von ihr - nun sagen wir mal - bestraft zu werden." Leslie Wood zieht die Stirn in Falten. „Wie? Ich verstehe nicht ganz. Könnten Sie mir das bitte etwas genauer erklären?"-„ Sie verkleidete sich als schwarze Priesterin. Anschließend wurde ihren Kunden eine unterwürfige Rolle zugewiesen. Das geschah zum Beispiel durch Fesselung und Entblößung bestimmter Körperteile. Darauf folgte die Züchtigung der Männer, indem sie…"-"Ja, ist gut! Das reicht uns vollkommen. Den Rest können wir uns schon ungefähr denken", unterbricht ihn Wood mit aufgerissenen Augen. „Mein Gott! Wirklich widerlich!", entfährt es Baker. Inspektor Wood dreht den Kopf zu seinem Kollegen: „Im Sumpf einer Großstadt wie London wandelt halt so manche psychisch kranke Seele mit abartigen Neigungen umher." Leslie Wood wendet sich wieder dem Schotten zu und fragt ihn mit eindringlichem Blick: „Hat Ihre Freundin Genugtuung bei der Ausführung ihrer Arbeit verspürt, Mr. Steward?"-„Ich würde sagen, dass sie dafür allen Grund hätte, da sie als Kind von ihrem Vater regelmäßig missbraucht und geschlagen wurde. Wir haben aber niemals ausführlich über dieses Thema gesprochen. Su wollte das nicht. Es war einfach ein Tabuthema in unserer Beziehung."

„Gut, ich habe keine weiteren Fragen mehr an Sie. Wir sehen uns dann morgen Abend, wie von uns angekündigt. Und merken Sie sich gut, Mr. Steward – sollten wir herausfinden, dass Sie, aus welchem Grund auch immer, einem Ihrer Kunden zuvor von unserem Erscheinen berichtet haben, wird das sehr unangenehme Folgen für Sie haben. Ist das bei Ihnen angekommen?"-„ Ja, natürlich, Sir. Sie können sich auf mich verlassen", antwortet Steward unterwürfig.

Zwei Minuten später sitzen Wood und Baker wieder in der Droschke und fahren Richtung Scotland Yard. „Wollen Sie diesem Steward wirklich die Möglichkeit geben, seine dreckigen Geschäfte so weiter führen zu lassen, Sir?"-„Wo denken Sie hin, Baker? Wenn wir diesen Fall gelöst haben, werde ich eine Durchsuchung seiner Opiumhöhle veranlassen. Ich bin davon überzeugt, dass man neben Opium auch eine beträchtliche Menge an alkoholischen Getränken sicherstellen wird. Offensichtlich scheint er selbst einer seiner besten Kunden zu sein. Illegaler Alkoholhandel käme also noch dazu. Wie sehen Sie das?"-„Das stimmt, Sir! Es fiel mir schon auf der Treppe auf, dass der Halunke eine eklige Alkoholfahne hinter sich herzog. Das aufgequollene Gesicht, das ungepflegte Äußere, der typisch aggressive, hinterhältige Blick.... Dieser Mann ist ein absolut verkommenes Subjekt. Und trotzdem kann er einem Leid tun. Er ist durch den schrecklichen Tod seiner Lebensgefährtin eigentlich schon genug bestraft worden, oder?"-„Ja, und deswegen wird er uns bei unseren Ermittlungen wahrscheinlich auch nicht im Wege stehen, Baker."

*

Es ist 21:00 Uhr, als der tiefe Ton der Standuhr laut durch den Raum schallt und James Clayton in seinem Sessel aufwacht. Seine Brille ist ihm während des Schlafs auf den Schoß gefallen. Da ertönt plötzlich die Türglocke. Der Körper des jungen Mannes fährt hoch und er eilt zur Tür. „Hallo John! Ich wusste, dass du heute Abend noch vorbeischauen würdest. Komm schnell herein! Ich muss unbedingt mit dir reden."

John tritt mit verstörtem Gesichtsausdruck in James Flur und folgt seinem Freund in die Wohnstube. „Setz dich, John! Oh, kann ich dir vielleicht irgendetwas anbieten, einen Scotch vielleicht?" Als James merkt, dass sein Freund geradezu durch ihn hindurchblickt und nicht reagiert, setzt er mit ernstem Blick nach: „Hey, John! Was ist los? Hörst du mir überhaupt zu?"-„Was? Ja, natürlich, James. Einen Scotch könnte ich jetzt gut gebrauchen." James wartet bis John den ersten Schluck genommen hat, dann holt er eine ältere Ausgabe der Times hervor und hält John die Titelseite vor die Nase: „Kannst du dich noch an diesen Zeitungsartikel erinnern?" John schaut auf die Phantomzeichnung in der Mitte des Leitartikels. „Dieser verfluchte Bastard! Ehrlich gesagt hatte ich vorhin auch für einen Moment den Gedanken, dass er es gewesen sein könnte. Ihn in dieser großen Stadt aufzuspüren gleicht der Suche nach einer Nadel im Heuhaufen. Verdammt! Wenn man nur wüsste, wo dieser Teufel sich momentan aufhält."

James lehnt sich zurück und schaut aus dem Fenster. „Vielleicht ist er uns ja näher, als wir denken." John wirft seinen Kopf zu James herum: „Was meinst du damit?"-„Mir ist eine seltsame Gestalt aufgefallen, die in letzter Zeit des Öfteren spät abends hier unten am Haus vorbei gegangen ist. Ihr Aussehen passt sehr genau zu der Beschreibung des gesuchten Täters." John schnellt vom Sofa auf: „Mensch, James, wir müssen sofort Scotland Yard benachrichtigen!" Mit vorwurfsvollem Gesichtsausdruck fügt er hinzu: „Warum hast du das eigentlich nicht schon viel früher getan? Dann würde meine Cousine jetzt vielleicht noch leben…"-„Halt! Jetzt beruhig dich mal wieder, John! Sarah sagte gestern genau das Gleiche zu mir. Ich würde aber gerne erst einmal warten, um sicher zu gehen, dass wir uns vor den Polizisten nicht blamieren."-„Blamieren? Wieso blamieren? Hier geht es um Menschenleben!", schießt es aus John heraus.

James schaut einen Moment aus dem Fenster hinaus und überlegt. „Ich habe da eine Idee. Was hältst du davon, wenn wir zwei die nächsten Abende zusammen Wache halten, bis der Mann hier wieder am Haus vorbei kommt? Dann folgen wir ihm unauffällig, schauen wo er verkehrt und was er im Schilde führt."-„Sag mal, hast du etwa in der letzten Zeit zu viel im Strand Magazine gelesen, James? Wir sind nicht Sherlock Holmes und Dr. Watson. Das wäre viel zu gefährlich. Dieser Mann ist ein eiskalter Mörder, der wahrscheinlich vor nichts zurückschreckt, wenn er erfährt, dass ihm jemand auf der Spur ist. Kapierst du das, James?"

James gießt sich langsam einen Scotch ein. „Was soll denn schon groß passieren? Wir würden doch dabei im Hintergrund bleiben und nicht mit ihm in Kontakt treten. Überleg doch mal, John." James beobachtet seinen Freund, wie er nachdenklich auf die Zeichnung der Titelseite starrt. „Ich weiß nicht, James." Es vergehen einige Sekunden, die Johns Freund wie eine Ewigkeit erscheinen, dann fährt er eindringlich fort: „Komm schon, John! Lass es uns für deine Cousine tun." Für einen Moment scheint sein Gegenüber noch zu zögern, doch dann ändert sich dessen Gesichtsausdruck und zeigt Züge von Entschlossenheit. „Gut, ich mache mit. Fangen wir am besten schon heute Abend an." Mit einem Lächeln der Erleichterung steht James Clayton auf. „Sehr gut! Darauf trinken wir jetzt noch einen Scotch. Wer weiß, wann der Kerl heute Nacht hier vorbeikommen wird, wenn er überhaupt erscheint."

Mit einem dumpfen Schlag fällt die Eingangstür der Kanzlei in das Schloss. Steve Norton schließt ab, dann bewegt er sich mit müden Schritten die Wigmore Street hinunter. An der ersten Straßenkreuzung bemerkt er auf der gegenüberliegenden Straßenseite einen Zeitungsverkäufer. Norton hebt kurz den Arm. „Stimmt so", knurrt er und schaut auf die Titelseite. Während der Anwalt beim Weitergehen die Titelüberschrift des Leitartikels liest, verändert sich langsam seine Mimik. Die buschigen Augenbrauen schieben sich zusammen. Falten werden allmählich auf seiner Stirn sichtbar. Sein Gesicht läuft rot an und er beginnt vor Wut an zu schnaufen, wobei seine Schritte deutlich schneller werden.

Als Norton seine Haustür erreicht, greift er mit zittrigen Händen nach der Türglocke. Kurz darauf öffnet sich die Tür. Ein junges Hausmädchen kommt zum Vorschein. „Guten Abend, Sir."-„Guten Abend, Miss Carter."-„Wann möchten Sie heute zu Abend essen, Sir?", fragt das Mädchen und nimmt dabei dem Anwalt Tasche und Mantel ab. „Bitte erst später, ich möchte die nächste Stunde nicht gestört werden."-„Wie Sie wünschen, Sir." Der Anwalt geht rasch in sein Arbeitszimmer, setzt sich an seinen Schreibtisch und vertieft sich in den Leitartikel der Tageszeitung. Wenige Minuten später legt er sie mit starrem Blick beiseite. Einen Augenblick verharrt Norton auf seinem Stuhl, dann schießt er empor und schreit dröhnend durch das Zimmer: „Jetzt reicht es!" Nach wenigen Sekunden klopft es hektisch an der Tür. Von draußen vernimmt man die aufgeregte Stimme des Hausmädchens: „Haben Sie gerufen, Sir?"-„Nein, es ist alles in Ordnung, Miss Carter!" Vor sich hinmurmelnd fügt er noch nach: „Wenn es nur so wäre." Norton öffnet die Zimmertür. „Sie können jetzt doch schon früher anrichten."-„Jawohl, Sir! Wäre Ihnen in 15 Minuten recht?"- „Ja, das geht in Ordnung. Ich werde heute übrigens früher zu Bett gehen. Der morgige Tag wird sehr anstrengend werden."-„Wie Sie wünschen, Sir."

*

Inspektor Wood sitzt entspannt in seinem Ledersessel und schaut gedankenlos in das Kaminfeuer. Die letzten Tage gaben ihm kaum die Möglichkeit, genügend zu schlafen. Gerade drohen ihm die Augen zuzufallen, da hört er eine Droschke vor dem Haus anhalten. Kurz darauf klopft es drei Mal an der Wohnungstür. „Moment, ich komme schon! Wer ist da, bitte?"-„Baker, Sir!"-„Endlich! Ich habe schon gedacht, dass sie mich vergessen haben. Treten Sie ein!"-„Entschuldigen Sie, Sir, aber meine Frau und meine Tochter haben mich leider aufgehalten."

„Was soll ich dazu sagen? Zum Glück bleibt mir das als Junggeselle erspart." Wood führt seinen Kollegen in die Wohnstube. „Bitte, fühlen Sie sich wie zu Hause!" Auf die Uhr schauend fügt er hinzu: „Nun, heute werden Sie aller Voraussicht nicht so schnell zu Bett gehen. Für zwei Pfeifen und den passenden Tabak habe ich übrigens schon gesorgt. So steht uns eigentlich nichts mehr im Weg und wir können nur hoffen, dass wir heute Abend fündig werden. Bis zu unserem Aufbruch haben wir allerdings noch eine Stunde Zeit. Hätten Sie vielleicht Lust auf eine kleine Schachpartie?"-„Gerne, obwohl ich jetzt schon weiß, dass ich gegen Sie verlieren werde."-„Wirklich? Auf mich wirkt das Schachspielen immer sehr entspannend."-„Ach, was Sie nicht sagen, Wood", mit diesen Worten lehnt sich Baker zurück und starrt in das Kaminfeuer.

„Schach matt, mein Freund!" Baker schaut grimmig auf das Spielbrett. „Sehen Sie, ich habe es Ihnen ja prophezeit." Sein Gegenüber schaut auf die Uhr. „Oh, es ist gleich 23 Uhr! Wir sollten nun schleunigst losgehen."-„Losgehen? Sie wollen doch nicht etwa zu Fuß bis hinaus zu den Docks laufen, Sir? Das wäre ein gewaltiger Fußmarsch."-„Keine Angst, Baker. Ich habe natürlich vorgesorgt und eine Droschke bestellt. Sie müsste eigentlich jeden Moment eintreffen. Also, wir sollten keine Zeit verschwenden."

Eine halbe Stunde später stehen die beiden Inspektoren vor der ehemaligen Lagerhalle an den Eastern-Docks. „Hier die Treppe hinunter, Wood." Am Ende der Treppe angekommen öffnet Baker eine schwere Holztür. Im Inneren präsentiert sich den Männern ein großes Kellergewölbe. Dichter Rauch schwebt ihnen entgegen.

Wood fängt an zu hüsteln. Schnell hat er Steward am anderen Ende des Raumes entdeckt. Der Schotte begrüßt die beiden mit einem unauffälligen Nicken und deutet mit einer dezenten Kopfbewegung nach links, wo in einer Ecke zwei freie Schemel vor einer zu einem kleinen Tisch umfunktionierten Holzkiste zu sehen sind. „Ah, da wurden anscheinend schon zwei Plätze für uns reserviert. Dann nehmen wir doch gleich einmal Platz, Baker."

Es sind kaum fünf Minuten vergangen, da sitzen die beiden Männer mit qualmenden Pfeifen auf ihren Schemeln, und versuchen völlig entspannt zu wirken. Nach einer kurzen Weile vernimmt Wood die Stimme seines Kollegen neben sich: „Haben Sie schon jemanden gesichtet, der unserem Täter ähnlich sieht, Sir?"- „Psst, leise, Baker! Wir dürfen keine Aufmerksamkeit erregen", flüstert Wood und bewegt dabei kaum seine Lippen. Baker räuspert sich. „Nein, ich konnte bisher nichts ausfindig machen. Außerdem muss unser Mann auch nicht unbedingt heute Nacht hier…" Baker unterbricht mitten im Satz und beginnt zu husten. „Reißen Sie sich gefälligst zusammen! Wollen Sie etwa, dass wir auffallen?"- „Entschuldigen Sie bitte, Sir. Verdammt, wie kriege ich den Hustenreiz nur wieder los?" Wood reicht ihm ein kleines Fläschchen, dass eine dunkle Flüssigkeit enthält. „Was ist das, Sir?"- „Kräuterlikör, probieren Sie ihn, er wird Ihnen helfen."-„Bei allem Respekt, Sir. Alkohol im Dienst?"-„Trinken Sie! Heute Nacht sehe ich einmal darüber hinweg. Wenn Sie jetzt nicht aufhören zu husten, laufen wir Gefahr, entdeckt zu werden. Nehmen Sie einen kräftigen Schluck davon, dann…." Wood hält plötzlich inne und starrt konzentriert durch den Rauchnebel des Gewölbes. „Sehen Sie den untersetzten Mann rechts gegenüber am Ende des Raumes?" Baker blickt zu der beschriebenen Stelle hin. „Ja, er ist gerade aufgestanden und geht…"-„Fällt Ihnen etwas an dem Mann auf?"- „Ja, Sir, er hinkt leicht auf dem linken Bein. Das ist unser Mann, Wood!", entfährt es dem Inspektor mit aufgeregter Stimme.

„Los! Nichts wie hinterher. Wo ist eigentlich dieser Steward? Den könnten wir jetzt gut gebrauchen. Wir dürfen diesen Schurken jetzt nur nicht aus den Augen verlieren." Die beiden Inspektoren beobachten, wie die Gestalt zu einem Vorhang auf der linken Seite des Raumes geht und schließlich dahinter verschwindet. Als sie den Vorhang erreichen, schiebt Wood ihn zur Seite, dann geht er einige Schritte weiter in das Halbdunkel hinein. Für einen kurzen Moment verharrt er, sieht sich um und lauscht. „Kommen Sie, Baker! Hier führt anscheinend ein schmaler Seitengang nach draußen. Ich höre schnelle Schritte dort hinten. Nun kommen sie schon!"

Als die beiden fast am Ende des Ganges angekommen sind, vernehmen sie ein dumpfes Poltern. Baker ist offensichtlich von dem schnellen Spurt außer Atem. Er schnauft angestrengt vor sich hin. Wood hält plötzlich an: „Still! Haben Sie das gehört?"-„Ja, ich vermute, dass er durch die Tür dort vorne nach draußen gelangt ist", antwortet Baker nach Atem ringend. „Sie sollten etwas für ihre Kondition tun, Herr Kollege." Sie erreichen die Tür am Ende des Ganges. Der Inspektor öffnet sie langsam und schiebt vorsichtig seinen Kopf über die Schwelle. Eine schmale Gasse verläuft zwischen zwei Lagerhallen entlang.

Die beiden schauen sich um, aber links und rechts ist in der Dunkelheit weit und breit nichts zu sehen. Nur das schwache Mondlicht schimmert leicht zwischen den Dächern hindurch. „Tja, das war es wohl, Baker. Er ist auf und davon."-„Mein Gott! Wie konnte dieser Schurke nur so schnell abhauen? Können Sie sich das erklären, Wood?"-„Dumm ist er jedenfalls nicht und trotz leichtem Gehfehler immer noch verdammt schnell zu Fuß. Unglaublich!"

*

John Brighton hält sich die Hand vor den Mund, um ein Gähnen zu unterdrücken. An dem Fenster zur Straße hin sitzend, schaut er abwechselnd auf den Bürgersteig hinunter und dann wieder auf seinen Freund, der ihm beim Malen den Rücken zuwendet. „Ich glaube, dass man am Himmel noch etwas verändern könnte. Irgendwie kommt er nicht richtig zur Geltung und ein wenig mehr Kontrast würde mehr Tiefe in das Bild bringen, oder? Was meinst du dazu?" Clayton malt unbeeindruckt von den Worten seines Freundes an seinem Bild weiter und erwähnt dabei beinahe beiläufig: „Kümmere du dich lieber um juristische Angelegenheiten.

Davon verstehst du doch nun wirklich mehr."-„Mein Gott! Nun sitzen wir schon die dritte Nacht hier herum, schlagen die Zeit tot, zumindest was mich angeht, und was ist das Ergebnis? Keine Spur von dem Unbekannten, der deiner Meinung nach dem gesuchten Täter sehr ähnlich sehen soll, ist zu sehen."-„Er sieht dem Täter tatsächlich sehr ähnlich, John. Das kannst du mir glauben."-„Morgen bringe ich meine Fachbücher mit, dann musst du halt, während ich lerne, hier am Fenster Wache halten. Es ist schließlich nicht mehr lange hin bis…"

James Claytons Freund stoppt mitten im Satz und erhebt sich langsam aus dem Sessel. Soeben hat er die Umrisse einer herannahenden Männergestalt entdeckt. „Aber vielleicht ist das ja gar nicht mehr nötig." Clayton dreht sich, durch die letzten Worte seines Freundes alarmiert, schnell herum und sieht, wie dieser angespannt am Fenster hinunter auf die Straße schaut. „Was ist? Siehst du ihn etwa kommen?" Schon steht James bei ihm. „ Da ist er wieder! Los, zieh deine Jacke an und dann nichts wie runter! Wir müssen ihm sofort folgen."

Kurz darauf öffnet Clayton nur für einen schmalen Spalt die Eingangstür des Mietshauses und späht vorsichtig auf die Straße hinaus. „Da hinten geht er. Wir müssen uns beeilen. Wahrscheinlich biegt er gleich um die Ecke." Langsam folgen die beiden jungen Männer der Gestalt. „Er scheint in Richtung Whitechapel zu gehen, James."

15 Minuten später befinden sich die beiden Freunde mitten im Kneipen- und Vergnügungsviertel des Londoner East-Ends. Dieser Ort bietet den beiden Männern einen Einblick in eine Welt, die ihnen fremd erscheint und sehr weit von ihrem alltäglichen Leben entfernt ist. Eine Reihe von Prostituierten stehen unweit der vielen Kneipen, aus denen immer wieder Betrunkene und verwahrloste Gestalten heraustreten, auf der Straße und warten auf Kundschaft. „Ich habe den Eindruck, dass wir hier auffallen, James."-„Da könntest du Recht haben. Sieh nur! Er spricht eine der Frauen an. Lass uns ihm folgen, aber wir dürfen auf keinen Fall auffallen. Halt dich dicht hinter mir." James und sein Freund folgen ihrer

Zielperson und sehen, wie diese mit einer rothaarigen Frau mittleren Alters in einem dunklen Hinterhof verschwindet. Im Schutz des halboffenen Hoftors kauern sich die beiden nieder und beobachten das Geschehen. Nach einem kurzen Wortwechsel schaut der Verdächtige kurz um sich. Plötzlich zieht er ein Messer aus seiner Manteltasche. Ehe die Frau reagieren kann, schneidet er mit einer blitzschnellen Bewegung ihre Kehle durch. Sie bricht sofort zusammen. Daraufhin zieht der Täter seinen Mantel aus und bedeckt damit Gesicht und Oberkörper der Frau. Entsetzt hält sich Clayton den Mund zu. Brighton schaut zur Seite. Für einen Moment hocken sie wie erstarrt hinter ihrer Deckung.

„Oh, Gott! Hast du das gesehen? Wir müssen diesen Kerl kriegen. Das bin ich meiner Cousine schuldig. Los! Er darf uns nicht entkommen." Schon macht Brighton Anstalten aufzuspringen, doch James hält ihn zurück. „Halt! Der Mann ist bewaffnet und extrem gefährlich. Wir sind ihm einfach nicht gewachsen. Lass uns die Polizei rufen. Das ist sicherer."-„Bis dahin ist er über alle Berge. Das Schwein schnappe ich mir jetzt sofort, darauf kannst du dich verlassen." In diesem Augenblick entdeckt Norton die beiden jungen Männer und ergreift ohne zu zögern die Flucht. Er verschwindet im nächsten Hauseingang. John eilt ihm sofort nach und nimmt die Verfolgung auf der Treppe auf. James folgt dicht hinter seinem Freund. „Komm, James! Er will auf das Dach hinauf." –„Gut, lass ihn nur! Von dort kann er uns nicht entkommen. Er sitzt in der Falle." Da hören die beiden Männer auf einmal einen dumpfen Schlag. „Verflucht! Er hat anscheinend die Tür zum Dach aufgebrochen. Schneller, James!". Oben angekommen tastet sich Brighton vorsichtig nach draußen. Dort entdeckt er Norton, der ihm den Rücken zuwendet. „Bleib stehen, du Schuft!", schreit John. Edward Norton dreht sich mit einer blitzschnellen Bewegung zu seinen Verfolgern herum. Ein bestialisches Grinsen zieht über sein Gesicht. „Ihr kriegt mich nie, nicht lebendig!", schreit er, dass es weit über die Dächer Londons in die Nacht hinaus schallt. Die beiden Studenten bleiben erschrocken stehen. Sie warten darauf, dass Norton sein Messer zieht, um sie anzugreifen, aber nichts dergleichen geschieht. Stattdessen dreht er sich schnell um, nimmt Anlauf, und versucht auf das Dach des Nachbarhauses zu springen, doch Norton hat keine Chance. Der Abstand zwischen den beiden Häusern ist einfach zu groß. Schreiend stürzt er in die Tiefe. John geht langsam zum Rand des Daches und schaut hinunter. „Das war es. London hat einen Mörder weniger. Der Teufel hat ihn zu sich geholt. Soll er in der Hölle schmoren." John tritt zwei Schritte zurück und horcht mit starrem Blick in die Nacht hinaus. Alles ist still. Doch auf einmal kann man von weitem leise das Geschrei zweier Betrunkener hören, die durch die Gassen von Whitechapel ziehen. „Lass uns die Polizei rufen, John."

*

Es ist spät am Abend. Steve Norton steht vor dem Präsidium von Scotland Yard und blickt an der Gebäudefront empor. Zögernd betritt er das Gebäude. Wenige Minuten später klopft es an der Bürotür von Inspektor Wood. „Herein!"-„Hier ist ein Mr. Norton, der Sie dringend sprechen möchte, Sir", erklingt die schrille Stimme von Miss Carter durch den Raum. Wood hebt kurz den Kopf. „Ich lasse bitten!"

Ein großer, gutmütig wirkender Mann, der die mittleren Lebensjahre schon überwunden zu haben scheint, tritt in das Büro ein. Seine Kleidung und sein Auftreten verraten sofort, dass er aus gutem Hause stammt und in besseren Kreisen zu verkehren pflegt. „Guten Morgen, Inspektor! Hätten Sie vielleicht einen Moment Zeit für mich?" Leslie Wood erkennt sofort, dass der Mann anscheinend sehr aufgeregt ist. „Bitte sehr, Mr. Norton! Setzen Sie sich doch!" Der etwas müde wirkende Mann setzt sich langsam, legt seinen Zylinder auf den Tisch und stützt sich auf seinem Gehstock ab, als ob dieser ihm nicht nur körperlich eine Stütze sei. „Worum geht es denn?", beginnt Wood das Gespräch. „Sir, es ist eine schreckliche Geschichte, aber ich glaube zu wissen, wer der gesuchte Frauenmörder ist, der zur Zeit sein Unwesen in dieser Stadt treibt. Ein leichter Ruck geht durch Woods Körper, während Norton ihm antwortet. Er richtet sich nach vorne. „Dann schießen Sie mal los. Wer soll es denn Ihrer Meinung nach sein?" Norton atmet tief ein, bevor er zur Antwort ansetzt: „Es geht um meinen Bruder." Das Gesicht des Anwalts nimmt dabei sehr ernste Züge an. „Es spricht vieles dafür, dass er der gesuchte Täter ist, Inspektor. Edward hatte als Kind einen Unfall mit einer Droschke, seitdem hinkt er leicht auf dem linken Bein. Außerdem ähneln die Gesichtszüge des gesuchten Täters auf dem Phantombild doch sehr meinem Bruder. Was ich mir allerdings nicht erklären kann…" Robert Norton führt den Satz nicht zu Ende. „Was? Was können Sie sich nicht erklären, Mr. Norton?"- „Warum wurde der gesuchte Täter als eine dunkelhaarige Person mit schwarzem Vollbart beschrieben? Mein Bruder ist dunkelblond und trägt gar keinen Bart."-„Das ist in der Tat merkwürdig. Sagen Sie, Mr. Norton, hat Ihr Bruder vielleicht einen Hang zur Einnahmen von gewissen Genussmitteln?"

Norton schaut überrascht auf: „Genussmittel? Wenn Sie Alkohol damit meinen, kann ich dies nur verneinen, jedoch habe ich ihn vor längerer Zeit einmal in seiner Wohnung beim Opiumrauchen ertappt. Das ist schon einige Jahre her. Es war spät am Abend und seine Hausdienerin hatte die Wohnungstür nur angelehnt, weil sie kurz im Hinterhof zu Gange war. Da ich mich über die offene Tür wunderte, trat ich in seine Wohnung und rief nach ihm. Als ich keine Antwort erhielt, ging ich in seine Wohnstube. Das Zimmer glich einer Räucherkammer. Im dichten Rauch sah ich Edward an einer langen Pfeife ziehend in seinem Sessel sitzen. Er war offensichtlich völlig weggetreten. Mir kam die Angelegenheit sehr merkwürdig vor, also verließ ich die Wohnung schnell und heimlich wieder, bevor die Hausdienerin zurückkehrte. Am nächsten Tag besuchte ich Edward erneut. Ich sprach ihn sofort darauf an. Zu meiner Überraschung reagierte er ziemlich gelassen und rechtfertigte diese Angewohnheit damit, dass er eine schlimme Kindheit erfahren hatte, was ich durchaus bestätigen kann. Im Opiumrausch könnte er seiner Meinung nach vor den immer wiederkehrenden Erinnerungen flüchten, die ihn regelmäßig heimsuchten und quälten."

Wood lehnt sich langsam wieder in seinem Stuhl zurück: „Was für Erinnerungen verfolgen ihn denn konkret?"-„Er hat eine sehr harte Erziehung erfahren, wie ich schon sagte. Edward stand nicht gerade in der Gunst seiner Mutter. Mein Bruder war vielmehr der Liebling unseres Vaters und ähnelte ihm in seiner sensiblen Art sehr. Er wurde von seiner Mutter verächtlich als Papas Liebling bezeichnet. Diese Frau war der Teufel in Person, hartherzig und absolut erbarmungslos."-„Nun, Mr. Norton, ich vermute, dass ich und mein Kollege Ihrem Bruder gestern Nacht begegnet sind." Kaum hat Wood seine Worte ausgesprochen, reißt Robert Norton überrascht die Augen auf. „Wie bitte? Wie darf ich das verstehen? Woher...?"- „Mr. Baker und ich besuchten gestern Abend eine der illegalen Opiumhöhlen, die im East-End in der Nähe der Docks zu finden sind."-„Großer Gott! Rauchen Sie etwa...?"-„Nein, keineswegs, Mr. Norton! Mein Kollege hatte herausgefunden, dass der Ehemann von einem der Opfer eine solche Höhle betreibt. Also statteten wir ihm zu Hause einen Besuch ab. Am folgenden Abend besuchten wir dann seinen — sagen wir einmal — Arbeitsplatz. Dort fiel uns sehr bald ein Mann auf, der auf die Beschreibung des gesuchten Täters passt. Leider verhielt sich mein Kollege vor Ort alles andere als unauffällig, so dass dieser sehr schnell Verdacht schöpfte. Er ergriff sofort die Flucht. Wir folgten ihm, aber er konnte uns unglücklicherweise durch eine dunkle Nebengasse in den Docks entkommen."

Steve Norton schnellt empor und schaut Wood auffordernd an: „Ich bitte Sie, Sir! Sie müssen ihn so schnell wie möglich zu fassen kriegen, bevor noch ein weiteres Unheil geschieht!"- „Das werden wir. Darauf können Sie sich verlassen. Haben Sie eine Ahnung, wo sich Ihr Bruder jetzt aufhalten könnte, Mr. Norton?" Der Anwalt überlegt einen Moment, dann setzt er zur Antwort an: „Da heute Samstag ist, wird er nicht in seiner Arztpraxis anzutreffen sein..."- „Arztpraxis? Also stimmte meine Theorie bezüglich der Tatwaffe ja doch", unterbricht Wood. „Gut, fahren sie fort. Wo könnte Ihr Bruder jetzt sonst noch auffindbar sein?"-„Probieren wir es doch einfach mal bei ihm zu Hause. Edward hält sich dort gerne auf. Er ist ein Einzelgänger und nicht sehr gesellig."-„Dann sollten wir jetzt keine Zeit verlieren. Ich rufe eben noch Mr. Baker und zwei weitere Kollegen, danach machen wir uns auf den Weg. Sind Sie dazu bereit, Mr. Norton?"-„Ja, Sir, das bin ich. Bringen wir das Unvermeidliche hinter uns."

*

Steve Norton schaut zu dem Wohnzimmerfenster seines Bruders im ersten Stock empor. „Die Vorhänge sind noch zugezogen. Das ist allerdings sehr merkwürdig. Nun, ich habe für besondere Fälle einen Haus- und einen Wohnungsschlüssel von meinem Bruder ausgehändigt bekommen. Ein solcher Fall scheint mir heute offensichtlich vorzuliegen, oder?"-„Dann walten Sie ihres Amtes, Mr. Norton." Der Anwalt schließt die Haustür auf und geht mit seinen Begleitern zügig die Treppe hinauf. Vor der Wohnungstür angekommen klopft er drei Mal an die Wohnungstür: „Edward! Ich bin es, Steve." Für einen Moment herrscht völlige Stille im Treppenhaus. Dann versucht er es erneut: „Edward! Mach bitte sofort auf! Ich muss mit dir reden." Wieder lauschen die Männer vor der Tür, aber es ist nichts zu hören. Schließlich dreht Wood seinen Kopf zu dem Anwalt hin und nickt ihm auffordernd zu. Steve Norton schließt mit zittrigen Händen die Wohnungstür auf. Schon macht er Anstalten, in die Wohnung zu stürzen, da hält ihn Inspektor Baker an der Schulter fest: „Warten Sie! Wir werden die beiden Kollegen vorschicken, man kann nie wissen."

Auf Anweisung des Inspektors bewegen sich die Polizisten mit gezogenen Pistolen vorsichtig den Flur entlang in das Innere der Wohnung und prüfen die Lage. Nach kurzer Zeit kommt einer der beiden Beamten zurück an die Wohnungstür: „Hier ist niemand zu sehen, Sir. Sie können kommen." Steve Norton geht in die Wohnstube und zieht die Vorhänge auf. Wood fängt sofort an, die anderen Räume zu inspizieren. „Haben Sie vielleicht noch eine andere Idee, wo Ihr Bruder sich im Moment aufhalten könnte, Mr. Norton?" Der Anwalt dreht sich zu Inspektor Baker herum und überlegt einen Moment: „Ich habe leider nicht die geringste Ahnung, Mr. Wood. Sein Beruf als Arzt nimmt ihn sehr in Anspruch, so pflegt er sich zu Hause zu entspannen. Er liest dabei gerne ein Buch oder studiert die Tageszeitung. Aber wie es aussieht, scheint er auch andere Orte aufzusuchen. Die von Ihnen erwähnte Opiumhöhle im Osthafen wird er jetzt bestimmt nicht mehr so schnell betreten, nachdem Sie ihn dort entdeckt haben."

Baker will gerade eine weitere Frage stellen, da ertönt aus dem Schlafzimmer nebenan die Stimme von Wood: „Wären die Herren einmal so freundlich, sich das hier anzuschauen. Ich habe etwas sehr Interessantes entdeckt." Norton und Baker setzen sich schnell in Bewegung und eilen nach nebenan. „Jetzt wird mir klar, warum man Ihren Bruder noch nicht als den gesuchten Mörder identifiziert hat. Was sagen Sie dazu?" Wood zeigt auf eine Kommode, die in der Ecke des Raumes steht. Steve Norton tritt an sie heran und legt die Stirn in Falten: „Mein Gott! Was ist das denn?" Auf der Kommode liegen eine dunkle Perücke, ein ebenso dunkler Vollbart und einige andere Utensilien, die auf eine Maskierung hinweisen. „Sie hatten Recht mit der Annahme, dass Ihr Bruder vom rechten Weg abgekommen ist."-„ Dafür wird er in der Hölle schmoren!", entfährt es Norton. Zorn und Enttäuschung zeichnen sich auf seinem Gesicht ab. „Jetzt bleibt nur noch eine Frage offen. Wo ist Ihr Bruder jetzt, wenn er nicht zu Hause ist?", sagt Baker, während er auf die Kommode schaut.

„Einen Moment!", unterbricht Wood ihn und schaut sich flink im Schlafzimmer um. Als er einen breiten Kleiderschrank entdeckt, eilt er schnellen Schrittes auf diesen zu und öffnet ihn. Eine Reihe schwarzer Mäntel, alle aus Leder gefertigt, kommen dort ordentlich aufgehängt zum Vorschein. „In der Tat, das ist unser Mann, Baker!" Steve Norton schaut fragend in das Gesicht des Inspektors: „Wie? Ich verstehe den Zusammenhang nicht."-„Haben Sie die Zeitungsartikel über die Mordtaten Ihres Bruders nicht genau gelesen, Sir? Er pflegt das Gesicht und den Oberkörper seiner meisten Opfer mit einem schwarzen Ledermantel zu bedecken", sagt Baker vorwurfsvoll. „Schwarzen Mantel? Aber - das ergibt doch keinen… Oh, Gott! Ja, natürlich, das muss es sein!", sagt Norton auf einmal mit bebender Stimme. „Was muss es sein, Mr. Norton?", fragt Wood und starrt auf den Anwalt. „Unsere Mutter trug zu Hause meist einen abgetragenen schwarzen Ledermantel, sozusagen als Arbeitsmantel. Edward hasste ihn, da sie ihn auch anhatte, wenn sie auf ihn einschlug."-„Darauf konnte man natürlich nicht kommen, aber jetzt ist das Rätsel endlich gelöst", sagt Wood, geht zurück in die Wohnstube und schaut auf die Straße hinunter. „Wir sollten jetzt sofort gemeinsam in das Präsidium zurückkehren. Baker, stellen Sie bitte die Indizien sicher. Ich habe das Gefühl, dass wir uns langsam dem Ende des Falles nähern."

Während John zu der Leiche der Frau zurückkehrt, eilt James durch die Gassen von Whitechapel, um einen Polizisten zu finden. Als er gerade die nächste Kreuzung passieren will, entdeckt James auf der gegenüberliegenden Straßenseite den Eingang einer Polizeiwache. Zwei Minuten später steht er vor einem Polizeibeamten. „Sir, kommen Sie bitte! Schnell! Eine Prostituierte wurde ermordet und ein Mann ist von einem Hausdach gestürzt." Der Polizist schaut etwas misstrauisch auf den jungen Mann. „Langsam, immer langsam! Wo soll das passiert sein?"-„In der Nähe des Kneipenviertels hier in Whitechapel, Sir.-„Welche Straße?"- „Ah, ich glaube in der Varden Street, Sir."

„Gut, ich schicke sofort einen Kollegen dorthin. Für Mordfälle ist allerdings Scotland Yard zuständig. Wir werden sie unverzüglich informieren. Waren Sie alleine, als Sie die Leichen entdeckt haben?"-„Nein, Sir. Ein Freund von mir hat mich begleitet."-„Und wo ist Ihr Freund jetzt?"-„Er ist bei der Leiche der Frau geblieben, während ich weggelaufen bin, um die Polizei herbei zu rufen."- „Dann wird mein Kollege ihn ja vor Ort antreffen. Sie bleiben jetzt erst einmal hier, damit wir ihre Personalien aufnehmen können. Also, setzen Sie sich, junger Mann. Ich komme gleich zu Ihnen."

*

Leslie Wood tritt als Erster in das Portal des Scotland Yard ein, als er auch schon einen aufgeregten Polizeibeamten auf sich zueilen sieht: „Gott sei Dank, dass Sie da sind, Sir! Es wurden zwei Leichen in Whitechapel gemeldet. Es handelt sich dabei um eine ermordete Prostituierte und den Täter, der von einem Hausdach gestürzt ist. Zwei junge Männer waren Zeugen der Vorgänge und haben es sofort auf der Polizeiwache gemeldet." Einen Augenblick hält Wood inne, dann schaut er zu seinem Kollegen, der ihm einen bestätigenden Blick zuwirft. „Dann lassen Sie uns sofort zum Tatort gehen. Wenn Sie uns bitte begleiten würden, Mr. Norton. Vielleicht benötigen wir Sie noch."

*

John Brighton steht dicht an der Hauswand eines düsteren Hinterhofs im Londoner East End. Sein Körper zittert vor Schrecken und ein Grauen durchfährt ihn, als er die Blutlache neben der Frauenleiche erblickt. Der starre Blick der Toten drückt Entsetzen aus. Ihr Mund ist weit geöffnet. John dreht sich um, dann übergibt er sich. Trotz der Kälte steht ihm der Schweiß auf der Stirn. Er stützt sich mit dem Rücken an der nahen Hauswand ab. Langsam gleitet er nach unten. Plötzlich hört er schnell herannahende Schritte auf der Straße. Er steht auf und eilt dem Geräusch entgegen. Da sieht er am Hofeingang zwei Polizisten vorbeieilen. „Hallo! Hier her!" Einer der Beamte dreht den Kopf herum und geht auf den jungen Mann zu. „Zwei Häuser weiter liegt noch eine zweite Leiche. Es ist der Täter. Ich nehme an, dass mein Freund Ihnen das schon mitgeteilt hat, oder?"-„Ja, das wissen wir bereits. Mein Kollege wird gleich zu der zweiten Leiche hinübergehen. Haben Sie in der Zwischenzeit irgendetwas am Tatort angefasst oder verändert?"-„Nein, Sir, außer, dass ich mich dort drüben gerade übergeben habe." Der Polizist blickt kurz zu der Frauenleiche hinab. „Nun, das ist bei diesem Anblick auch verständlich." John Brighton atmet tief durch und malt sich in seinen Gedanken aus, wie seine Cousine dem Mörder zum Opfer gefallen ist. „Scotland Yard dürfte bald hier eintreffen, also warten wir noch einen Moment", unterbricht der Polizist die Gedanken des jungen Mannes.

Einige Minuten später vernimmt man deutlich das Geräusch von Pferdehufen. Eine Droschke hält vor dem Eingangstor zum Hinterhof. Der Polizeibeamte geht zum Hofeingang und macht sich bemerkbar. Kurz darauf steht Brighton drei Männern gegenüber. „Guten Abend! Ich bin Inspektor Wood. Die beiden Herren hier sind mein Kollege Inspektor Baker und Mr. Norton."-„Mein Name ist John Brighton, Sir. Hat Ihnen mein Freund schon alles erzählt?"-„Nein, er hat es nur bis zur Polizeiwache von Whitechapel geschafft, aber die Kollegen dort haben sofort alles an uns weitergeleitet." Wood betrachtet aufmerksam das Gesicht des jungen Mannes und fährt fort: „Was führt zwei gebildete junge Männer in ein solch verruchtes Stadtviertel von London, wenn ich fragen darf?" Der

Angesprochene schaut verlegen unter sich: „Dazu müsste ich etwas länger ausholen, Sir."-„Schon gut, das können Sie uns dann später noch im Detail erzählen. Wir sollten zuvor die zwei Leichen untersuchen." Wood geht zu der Frauenleiche und betrachtet ihren Hals genauer. „Ein durchaus professioneller Schnitt, wie ich sehen kann. Mit einem sehr scharfen Messer ausgeführt, wahrscheinlich war es wieder ein Skalpell. Baker!"-„Ja, Sir!"-„Schauen Sie bitte nach Fußabdrücken. Wir wollen auf Nummer sicher gehen."-„Ich bin schon dabei, Sir!"

Als die Männer wenig später ein Haus weiter in einen schmalen Weg einbiegen, sehen sie eine Männergestalt vor sich auf dem Bauch liegen. Leslie Wood wirft Steve Norton, der mit kreidebleichem Gesicht auf den Toten niederblickt, einen ernsten Blick zu. „Wären Sie so nett, den Leichnam umzudrehen, damit wir sein Gesicht sehen können, Baker."-„Natürlich, Sir." Der Inspektor wartet einen Moment. Schließlich legt er dem Anwalt, der den Tränen nahe ist, die Hand auf die Schulter: „Ich muss Ihnen jetzt leider die unvermeidliche Frage stellen, ob dies die Leiche Ihres Bruders Edward Norton ist." Norton dreht den Kopf zu Wood herum und antwortet mit einem kurzen Kopfnicken, dann wendet er sich von dem Leichnam ab, verharrt einen Moment, um schließlich schweren Schrittes den Weg zurück zur Droschke zu gehen. Baker macht Anstalten ihm zu folgen, aber Wood hält ihn zurück: „Lassen Sie ihn! Ach, Mr. Brighton, wären Sie doch bitte so nett und würden sich morgen Vormittag zusammen mit Mr. Clayton bei uns im Präsidium einfinden, um uns genau zu schildern, was Sie beobachtet haben. Mr. Steve Norton, der Bruder des Mörders, dessen Leichnam hier vor uns liegt, wird dann ebenfalls anwesend sein."

*

Die Sonne scheint durch das Bürofenster auf den Schreibtisch von Inspektor Leslie Wood, als es an der Tür klopft. „Kommen Sie herein!" Die Tür öffnet sich mit einem schnellen Ruck. Inspektor Baker tritt in Begleitung von Steve Norton, James Clayton und John Brighton in den Raum. „Hier sind wir, Sir. Kann es gleich losgehen?"-„Sehr gerne. Ich bin schon gespannt, die genauen Hintergründe dieses außergewöhnlichen Falls zu erfahren. Setzen Sie sich doch bitte, meine Herren. Fangen wir doch am besten mit den beiden jungen Herren James Clayton und John Brighton an. Wie sind Sie auf den Täter aufmerksam geworden?"

Wood schaut erwartungsvoll in die Gesichter der beiden Studenten. Schließlich räuspert sich James Clayton kurz und rückt sich kurz auf seinem Stuhl zurecht. „Nun, er lief spät abends öfters an meiner Wohnung vorbei. Dann sah ich die Phantomzeichnung von dem gesuchten Serienmörder in der Times und bemerkte sofort eine gewisse Ähnlichkeit, außerdem hinkte dieser Mann ebenfalls auf dem linken Bein. Als sich dann auch noch herausstellte, dass eines seiner Opfer die Cousine meines besten Freundes war, beschlossen John und ich ihm heimlich nachts zu folgen, um herauszufinden, ob er wirklich der gesuchte Mörder sei. Also schoben wir für ein paar Abende bei mir zu Hause Wache. Am dritten Abend wurden wir dann für unser Warten tatsächlich belohnt. Wir folgten ihm und...", Clayton unterbricht plötzlich seinen Bericht und schaut zu John Brighton hinüber. „Und was?", fragt Wood auffordernd. „Wir folgten ihm nach Whitechapel. Er sprach dort eine Prostituierte an. Sie verschwanden in einem Hinterhof. Wir setzten die Verfolgung fort und blieben dabei weiterhin in Deckung. Bis zu diesem Zeitpunkt dachten wir uns noch nichts dabei, aber dann sahen wir - mein Gott - wie er dem Mädchen blitzschnell die Kehle durchschnitt."-„Und dann haben Sie sofort versucht, die Polizei zu alarmieren, oder?"-„Nein, Sir. Der Mann hatte uns bemerkt und floh. Wir sind ihm gefolgt. Er rannte in das an den Hof angrenzende Haus, eilte die Treppe bis zum Dach hinauf, trat die Tür dort ein und betrat das Flachdach. Als wir ihn eingeholt hatten, nahm der Schurke Anlauf, um auf das Dach des benachbarten Hauses zu springen. Er unterschätzte allerdings den Abstand zwischen den beiden Häusern und stürzte in die Tiefe. Den Rest kennen Sie ja, Sir."

Wood lehnt sich langsam zurück. „Sie haben sich bei dieser Aktion unnötig in Gefahr begeben, meine Herren. Sind Sie sich dessen bewusst?"-„Natürlich, aber hinterher ist man bekanntlich immer schlauer, Sir."-„Ich würde nun vorschlagen, dass Mr. Norton uns jetzt einmal genauere Details bezüglich des Familienlebens der Familie Norton schildert. Mich würde natürlich speziell die Rolle seines Bruders Edward Norton in der Familie interessieren. Sie hatten uns ja gestern schon ein wenig zu diesem Thema erzählt. Ich gehe davon aus, dass Sie uns diesbezüglich noch nicht alles mitgeteilt haben, oder?"

Der Angesprochene schaut auf, dann beginnt er mit ernster Miene zu berichten: „Wie ich gestern schon erwähnte, hat Edward eine schreckliche Kindheit erlebt. Unsere Mutter hat ihn nie richtig als ihren Sohn anerkannt. Dafür stand er sehr in der Gunst unseres lieben Vaters. Er liebte Edward, weil er ebenso klug und feinfühlig war wie er. Ich muss zugeben, dass ich mich deswegen immer etwas vernachlässigt gefühlt habe, da ich unseren Vater auch sehr mochte. Ich wollte in gleicher Weise von ihm Beachtung geschenkt bekommen. Auf alle Fälle war unsere Mutter auf das gute Verhältnis zwischen Edward und unserem Vater nicht gut zu sprechen. Die Ehe unserer Eltern war meiner Meinung nach durch eine gestörte Beziehung geprägt. Richard Norton litt unter der Gefühlskälte und Härte seiner Frau genauso wie der Rest der Familie, gab es aber nach außen hin nicht zu erkennen. Seine Frau schlug Edward sehr oft. Einen Grund fand sie eigentlich immer dafür, wenn er auch noch so abwegig war. Ich wurde mehrere Male Zeuge ihrer sadistischen Tobsuchtsanfälle, die sie regelmäßig an meinem Bruder abreagierte. Seit diesem Zeitpunkt quält mich mein schlechtes Gewissen. Ich frage mich immer wieder, warum ich damals nicht dazwischen gegangen bin und meinen Vater hinzugezogen habe. Warum? Die Befürchtung dadurch alles noch schlimmer zu machen überwog einfach alles. Nicht auszudenken, wie schlimm in diesem Fall die Rache unserer Mutter gewesen wäre. Wie oft hatte ich damals Angst, dass Edward einen körperlichen Schaden durch die Züchtigungen unserer Mutter davontragen würde. Seine Seele ist zweifellos in seiner Kindheit zerstört worden. Anscheinend hat sich im Laufe der Zeit aus diesen grausamen Demütigungen fatalerweise ein böser, bestialischer, geradezu pathologischer Hass gegen herrschsüchtige, gewalttätige sowie gefühlskalte und moralisch verkommene Frauen bei meinem Bruder entwickelt. Es sieht so aus, als wäre es eine Art von Rachefeldzug, den er begangen hat."

69

Leslie Wood überlegt einen Augenblick. Nachdem er seine Gedanken beendet hat, steht er auf und geht langsam in seinem Büro auf und ab. „Nun, dass der Antrieb des Täters auf einen krankhaften Hass gegen Frauen zurückzuführen ist, war mir spätestens nach seiner zweiten Tat klar. Dank Ihrer genauen Darstellung der Familienverhältnisse im Hause Norton, kenne ich nun auch den genauen Grund dafür. Meine Herren, ich glaube wir sind am Ende unseres Gespräches angelangt. Ich darf mich bei Ihnen allen bedanken. Ohne Ihr Einschreiten wäre der Täter vermutlich jetzt noch auf freiem Fuß und es hätte wahrscheinlich noch weitere Opfer gegeben. Ihr Bruder, lieber Mr. Norton, war zweifelsohne eine Bestie, doch wurde er zu dieser gemacht. Nicht jeder Mensch, der in der Kindheit misshandelt wurde, wird zu einem Serienmörder. Leider war dies bei Edward Norton der Fall. Mögen Sie über die grausamen Taten, den Tod und Verlust ihres Bruders hinwegkommen. Natürlich ist es sehr schwer, solche tragischen Geschehnisse zu verarbeiten. Ich habe nun keine weiteren Fragen mehr an Sie. Dieser Fall war wirklich bemerkenswert außergewöhnlich. Mr. Baker, wären Sie bitte so freundlich und begleiten die Herren nach draußen."-„Natürlich, Sir."

*

James Clayton zieht den Kragen seines Mantels hoch, während er leicht fröstelnd mit schnellen Schritten über die Straße auf den Eingang des Little Buddha zugeht. Kaum hat er die Drehtür des Teehauses passiert, reibt er sich die Hände und genießt die mollige Wärme des Kaminfeuers, das gemütlich vor sich hin knistert. „Guten Tag, Mr. Clayton!" James dreht erschrocken den Kopf zur Seite. Ein breites Lächeln präsentiert die Zahnlücke des indischen Obers. „Das Übliche, Sir?"-„Ja, natürlich. Sagen Sie, sind meine Freunde schon zugegen?"-„Sicherlich, Sir. Sie warten bereits."

John entdeckt seinen Freund zuerst. „Da kommt ja unser Meisterdetektiv. Grüß dich, James! Ich stelle euch am besten gleich einmal vor. Das sind Miss Garfield und ihr neuer Adoptivsohn George Trower. Dieser junge Mann ist mein bester Freund James Clayton." Clayton schaut überrascht auf die beiden unerwarteten

Gäste. „Oh, das trifft sich gut! Jetzt lerne ich auch einmal den Sohn deiner Cousine kennen." Er betrachtet den feingliedrigen Jungen und wirft ihm ein kurzes Lächeln zu, bevor er sein Blick zu Miss Garfield wandern lässt. Ihm fällt sofort auf, dass die Frau eine Aura aus Sanftmut und Güte ausstrahlt.

„Es freut mich, Sie beide kennenlernen zu dürfen. John hat mir schon viel von Ihnen erzählt. Er hat mir allerdings auch anvertraut, dass er keine besondere Bindung zu seiner Cousine hatte."

Die Frau blickt kurz zu ihrem neuen Adoptivsohn hin und schaut anschließend für einen Moment unter sich. „Georges Mutter war nun einmal ein Fall für sich. Ihr fehlte einfach die nötige Herzenswärme gegenüber ihrem Sohn und allen anderen Menschen, die ihr Leben begleiteten. Als ich die Stelle bei der Familie Trower vor Jahren annahm, hatte ich anfangs auch die eine oder andere Auseinandersetzung mit ihr. Mir missfiel ihr Erziehungsstil. Es passte mir ganz und gar nicht, wie sie mit George umging. Schläge gehörten nun einmal zu ihrer täglichen Erziehung, obwohl George ein umgängliches und sensibles Kind ist, der sich zu benehmen weiß. Mir wurde allmählich bewusst, dass George Angst vor seiner Mutter hatte. Sein Vater wusste das ebenso, konnte sich aber leider nicht gegen seine Frau durchsetzen. Einmal sprach er mich in Abwesenheit von Miss Trower auf dieses Thema an und bat mich, auf den brutalen Erziehungsstil seiner Frau andeutend, erzieherisch ausgleichend zu wirken. So wurde ich für George, neben seinem wirklich lieben Vater, zur wichtigsten Bezugsperson in seinem Leben."

„Ich kann dann aber einfach nicht verstehen, dass der Vater sich nicht mit aller Kraft für seinen Sohn eingesetzt hat", äußert sich Sarah empört aus dem Hintergrund. „Nun, Mr. Trower hatte, wie ich gerade schon erwähnte, es wirklich nicht leicht mit seiner Frau. Die Ehe stand unter keinem guten Zeichen", erklärt Miss Garfield und schaut dabei mit ernster Miene zu der jungen Frau hinüber.

„Ich denke jedoch, dass George jetzt bei Ihnen bestimmt gut aufgehoben ist, Miss Garfield", meldet sich James zurück.

„Ich werde mein Bestes tun, um es dem Jungen so angenehm wie nur möglich zu machen und hoffe doch sehr, dass er mir nach diesen schlimmen Ereignissen dafür auch dankbar sein wird. Nicht wahr, George?", dabei streichelt Miss Garfield dem Jungen zärtlich über den Rücken. „Schaut mal, es schneit!", sagt George plötzlich und deutet nach draußen. John Brighton wendet den Kopf zum Fenster hin, um den wilden Tanz der Schneeflocken, die durch den kräftigen Wind angetrieben im Halbdunkeln des spätherbstlichen Abends zwischen den Ästen der Platanen umhertreiben, zu beobachten. Der Winter steht vor der Tür.

***